AF220737

Vielen Dank, dass es mich gibt.

Kotpilot

Paul Peichel

Roman

Bibliografische Information der Deutschen Nationalbibliothek: Die Deutsche Nationalbibliothek verzeichnet
diese Publikation in der Deutschen
Nationalbibliografie; detaillierte bibliografische
Informationen sind im Internet unter dbb.dnb.de abrufbar.

Umschlaggestaltung, Illustration: Paul Peichel

Herstellung und Verlag:
BoD – Books on Demand, Norderstedt

ISBN: 9-783-7528-1649-5

Dieses Buch ist auch als E-Book erhältlich

Kapitel:

Prolog

Rückenwind von vorn. Nichts mehr funktioniert, auf nichts mehr ist Verlass. Vielleicht nur darauf, dass alles zugrunde geht. Verlässlich funktionieren nur der Untergang, die Zerstörung oder der Zerfall. Alles andere ist Glückssache oder Schicksal, in jedem Falle aber äußerst selten. Man muss nicht einmal sehr genau hinsehen, um festzustellen, dass es mit unserem Planeten bergab geht - und das stetig. Aber zeigt sich darin nichts weiter, als die Summe aller kaputten menschlichen Seelen? Als das Produkt einer in die Irre gefahrenen Spezies, die keine Aussicht mehr darauf hat, aus der Sackgasse herauszufinden?

Manchmal liegt ein so tiefer Frieden über dieser Stadt, dass man sich nur wundern kann. Das ist morgens, wenn die aufgehende Sonne die letzten Nebelschwaden vertrieben hat und den Blick auf die unzähligen Fenster der vielen Häuser freigibt. Hinter jedem dieser Fenster lebt mit einem Menschen ein einmaliges Schicksal, eine ganz individuelle Art und Weise, mit der inneren und äußeren Realität zurecht zu kommen. Aber genauso findet man hinter diesen vielen Fenstern all die mannigfaltigen Formen des Leides, zu der die Menschheit zu leiden fähig ist. Mal ist das Leid laut, auffällig, gewaltvoll und kräftig. Mal ist es ganz leise, unauffällig und versteckt sich fast schüchtern in der nächsten dunklen Ecke. Was jedoch nichts daran ändert, dass es genauso tief, schrecklich und vernichtend sein kann.

Und so kann das Leid auf ewig mitten unter uns leben, ohne dass wir sein Ausmaß je in seiner vollen Grösse erfassen. Vielleicht erhaschen wir den Hauch einer Ahnung davon beim flüchtigen Blick in die Augen eines unbekannten Mitmenschen, der uns im Supermarkt, im Verkaufsraum einer Tankstelle oder im Treppenhaus begegnet. Auch diese Augen können Fenster sein, aus denen die Verfassung seiner Seele zu uns hinaus scheint. Für einen Sekundenbruchteil mögen diese Fenster nicht von den Vorhängen oder Jalousien der täglich praktizierten Verdrängung und Vertuschung verhüllt sein und uns Zeugen eines grausamen inneren Kampfes werden lassen. Es sind solche seltenen Augenblicke, die uns zeigen, dass es in unserer Welt und für die Menschen, die in ihr leben, keinen tiefen Frieden gibt. Nicht einmal ein sehr oberflächlicher Friede scheint möglich zu sein angesichts der Verzweiflung, Hoffnungslosigkeit und Angst, die mitten unter uns grassieren.

Für den Moment mögen wir uns in Sicherheit wiegen und der Überzeugung sein, nichts damit zu tun oder einfach nur Glück zu haben. Aber der Keim des Leides scheint in uns allen zu stecken, so dass wir akzeptieren müssen, dass jede Träne der Verzweiflung auch stellvertretend für uns eine warme, zitternde Wange hinabrollt.

Licht ins Dunkel

Die Verwirrung hat bierbedingt ziemlich lange gedauert. Nun scheine ich langsam dem Zustand der Umnachtung zu entkommen. Wie ein in Zeitlupe hochgezogener Rolladen, der das fast schon in Vergessenheit geratene Tageslicht in das neblige Dunkel eines Zimmers eindringen lässt, dringt die wirkliche Welt in mein Bewusstsein vor. „Wo bin ich gewesen? Was ist geschehen?" lauten die Fragen, die ich mir stelle, während ich zittrig aus dem Bett steige und durchs Zimmer taumele. Die Dinge, die meine Augen sehen, sind bei Weitem nicht die Dinge, die ich mir zu sehen wünsche. Und so betrachte ich bei einer bitteren Tasse Kaffee die traurigen Fragmente übler Erinnerungen.

Der gestrige Abend war ein besonderer Abend gewesen. Mein Blick fällt dabei auf einen größeren Haufen leerer Bierdosen, der von einer beachtlichen Trinkleistung zeugt. Ich darf stolz sein - bis weit in die frühen Morgenstunden hinein habe ich eine Bierdose nach der anderen geleert. Dabei habe ich Radio gehört und darüber nachgedacht, wie ich es schaffen kann, endlich eine Frau aufzugabeln. Zum Schluss war ich schließlich fest davon überzeugt, dass ich einfach nur rausgehen müsse und sich alles von alleine ergebe. Soweit ich mich erinnern kann, habe ich dann noch versucht, ausgiebig auf meine rüden Fantasien zu masturbieren. Das bestätigt auch dieses achtlos zusammengeknüllte Knäuel Klopapier auf dem Boden. Jetzt dröhnt mein Schädel.

Es mir nicht mehr möglich, den gesamten Abend in Gänze zu rekonstruieren. Die konsumierte Biermenge hat außer diesem dumpfen Kopfschmerz auch dieses Gefühl der Umnachtung hinterlassen, und damit auch die Unsicherheit über das, was ich alles getan haben könnte. Schlagartig reißt mich die Gegenwart aus dem Grübeln. Mein Körper meldet sich zu Wort. Ich spüre das heftige Verlangen nach dringender fäkaler Entleerung. Es sind quälende Blähungen, die ihre Entlassung aus dem Gedärm fordern, woran sie offensichtlich ein großer Pfropfen aus Kot hindert (die sogenannte *Inverslage*). Ein immenser Furzdruck presst den Stuhl an die Pforte zur Welt und zwingt mich zum Marsch auf den Pott. Nur mit Mühe gelingt es mir, die Gewalten meiner Innereien zu zähmen.

Das Klo ist einer der wenigen Orte auf der Welt, der eine tiefe Kontemplation ermöglicht. Die vollendete Form, die perfekte Symmetrie der glänzenden Schüssel sowie ihre zentrale Position an einer prädestinierten Stelle erhebt sie zu einem Altar. Sie dient der liebevollen und bedingungslosen Aufnahme intimster menschlicher Ausscheidungen, die sie in die Kanalisation schickt und damit der Allgemeinheit - gewissermaßen als Opfergabe - spendet. In einem Akt der heiligen Hingabe gebäre ich das Produkt meines Inneren und schenke es huldigend den Mitmenschen. Eingeschlossen und abgeschottet in der Hütte gebe ich also mein Innerstes der Gemeinschaft preis. Es erscheint mir beinahe so, als ob dieser von allen Mitgliedern dieses Kulturkreises praktizierte Akt ihre einzige Gemeinsamkeit bildet, ihren Zusammenhalt prägt und als geheime, fast schon übernatürliche Form der Kommunikation Grundlage ihrer Sozialität ist.

Kaum habe ich die Hose heruntergelassen und mich würdevoll auf die Schüssel gehockt, quillt auch schon ein gigantischer Haufen aus meinem Hintern. Angetrieben durch den riesigen Druck aufgestauter Darmgase, presst sich ein nicht enden wollender Haufen brauner Masse in die Schüssel. Schnell verbreitet sich ein würziger Geruch, der aus meiner Furzluft und den direkten Ausdünstungen des Haufens besteht. Natürlich sitze ich auf einem Flachspüler. Ein Tiefspüler käme mir nie ins Haus, weil er es mir nicht erlauben würde, meine kostbaren Exkremente ausgiebig zu begutachten und sinnlich zu erleben. Ein Tiefspüler würde nämlich bedeuten, gewissermaßen Perlen vor die Säue zu scheißen. In tiefen Zügen goutiere ich den Gestank und verweile entspannt auf der Schüssel. Mit dem Eintrocknen letzter dünnflüssiger Nachgeburten zwischen meinen Pobacken kündigt sich das Ende meiner Meditation an. Bevor ich die Spülung betätige, erweise ich meinem Haufen noch die letzte Ehre, salutiere im Geiste und drücke den Hebel der Rohrpost. Mit dem Abwischen danach ist es immer dasselbe: Wieviel Klopapier ich auch jedesmal benutze, der Hintern wird niemals sauber. Immer wieder ist es tiefbraun wegen der beträchtlichen Kackreste, die daran hängen bleiben. Ich putze und spüle, putze und spüle, putze und spüle. Wenn es ganz schlimm ist, kleben die braunen Reste auch an den Händen. Was für eine Arbeit das ist. Irgendwann gebe ich auf. Soll der blöde Mist doch antrocknen.

Wie das meditative Scheißen am Morgen einen Gruß, eine Bekenntnis oder gar ein Gebet darstellen kann, so zolle ich nicht nur meinen Ausscheidungen Respekt, sondern auch meinem Schwanz. Sein Stellenwert übersteigt jenen meiner Kacke zuweilen um Längen. Nach dem Toilettengang versinke ich, nur mit T-Shirt und Unterhose bekleidet, in meinem gemütlichen Polstersessel und halte den Schwengel in meiner Linken. Die feuchte Unterhose habe ich bis zu den Füßen heruntergezogen, ich brauche Freiheit im Schritt. Behutsam streife ich die Vorhaut zurück. Sie klebt, von ranzigen Sekreten gehalten, leicht an der Eichel fest. Ein orientalisch anmutender Geruch steigt auf. Goutierend halte ich inne und widme mich meinen sexuellen Fantasien. Weißes Smegma bildet Placken auf Eichel und Schaft. Gelbgetönte Partikel kommen von der Pisse, die weißlichen von Sperma, das vom letzten Wichsen noch übrig ist. Stimuliert von meinen Berührungen bildet sich eine Erektion. Meine Gedanken sind bei dieser attraktiven blonden Frau aus dem Kiosk hier in der Nähe. Schon oft bin ich an ihr vorbeigegangen, habe sie verstohlen aus den Augenwinkeln angeglotzt und ihren Anblick als Vorlage für das spätere Wichsen abgespeichert. Wie von Geisterhand bewegt, steigt mein Schwanz empor, reckt die Eichel gen Zimmerdecke und verlangt eine intensivere Zuwendung. Mit Daumen und Zeigefinger massiere ich die klebrige Eichel. Ein wenig Spucke dient mir als Gleitmittel. Dabei bildet sich ein grünlicher Schleim, der zusammen mit Smegma und Resten von Pisse bald meine ganze Hand überzieht. Wehmütig denke ich an die Zeiten zurück, zu denen andere mit der Bearbeitung meines Schwanzes betraut gewesen waren. Doch diese lieben Menschen haben sich schon lange meinem Zugriff entzogen. So bin ich leider gezwungen, mich per Handentspannung selbst zu entladen. Fünf gegen Einen, mehrmals täglich, bis es in den Eiern brennt. So etwas wie Schuld verspüre ich dabei nicht. Was danach bleibt, ist in aller Regel nur das quälende Gefühl der Würdelosigkeit und Leere.

In aller Regel wichse ich weder verkatert noch morgens. Oft kriege ich nicht einmal einen hoch, wenn ich in der Nacht davor viel getrunken habe. Doch was einmal in Gang gebracht ist, darf auch nicht mehr abgebrochen werden, denn heute scheine ich Glück zu haben. Und da gerade beim Masturbieren keine halben Sachen gemacht werden dürfen, gehe ich ins Schlafzimmer und lege mich aufs Bett. Dort kann ich mich viel besser meiner unerwarteten Erregung hingeben. Ich krame ein fleckiges Pornoheft hervor und schubbere los. Mein Blick fixiert die Fotos, während ich die Vorhaut auf und nieder schiebe. Erst langsam, dann immer schneller bewegt meine Hand die lange Hauthülle über die blutrote Spitze. Sie entfacht ein prickelndes Gefühl, das langsam aber sicher auf die Entsaftung zusteuert. Meine Linke schuftet im Akkord, und mit einem Male kriecht ein stechendes Jucken durch mein Rückenmark. Ich kann meine Hand nicht mehr stoppen und steuere im Verlust sämtlicher Kontrolle auf das orgasmische Finale zu. Der rotgeriebene Schwanz zieht sich kurz zusammen und sondert in pulsierenden Zuckungen klebriges Sperma ab. Wieder so ein würdeloser Erguss, von dem eine gute Portion auf meinem Heftchen gelandet ist. Bald muss ich mir ein neues bestellen. Ich presse letzte Spermareste aus dem Schwanz und wische sie mit der Bettdecke ab. Mein eben noch so stolzer Penis schlafft dabei immer weiter ab, bis er als faltige Wurst zwischen meinen Beinen liegt. Was neben den neuen Spermaflecken auch bleibt, ist ein Gefühl von trauriger Melancholie.

Vorbei sind die Zeiten, in denen sich mein Penis in die feuchtwarmen Lustgrotten heißer Frauen ergießen durfte. Vorbei ist die unbändige Freude beim Anblick lustentstellter Gesichter, aus deren aufgerissenen Mündern ich mit jedem Hüftstoß spitze Schreie der Lust heraus zu prügeln wusste. Nun liegt der einst so stolze Schwengel stinkend in meiner Hand; eine blasse Wurst mit strengem Geruch, gedemütigt durch einen deprimierenden Wichsorgasmus nach dem anderen. Ich raffe mich auf, ziehe die Unterhose hoch und frage mich beim Wegräumen der Wichsutensilien, wie es so weit kommen konnte.

Das fahle Licht des frühen Nachmittags taucht das Zimmer in ein kaltes Grau. Das Letzte, was ich jetzt tun möchte, ist das Haus zu verlassen und mich unter Menschen zu begeben. Sie würden es mir ansehen und erkennen, dass ich keiner von ihnen bin. Dass ich schon längst den Anschluss an ihre geordneten Lebenswelten verloren habe, dass ich anders bin als sie. Vielleicht würden sie meinen Augen ablesen, wie absonderlich mein Leben ist und wie wenig ich ihren bürgerlichen Idealen von Erfolg, Besitztum und Zielstrebigkeit entspreche. In ihrem Blick bin ich nichts als ein elender Versager, ein grotesker Verlierer, ein nutzloser Hilfsclown, ein unwürdiger Crétin. Wie angeschossenes Freiwild würde ich sabbernd durch ihre Hochglanzwelt stolpern, immer in der Gefahr, an ihren unsichtbaren Pranger gestellt zu werden. Selbst Kinder sind heute schon in der Lage, mit nur einem Blick mein gescheitertes Lebens zu erkennen und mich mit Spott zu übergießen.

Am schlimmsten aber ist es mit Frauen. Schon lange bin ich nicht mehr dazu in der Lage, die ein oder andere anzusprechen. Und je geringer der Kontakt in der echten Welt ausfällt, desto mächtiger werden meine Fantasien. Und je mächtiger meine Fantasien sind, je stärker ihr Eigenleben wird, desto schwieriger wird jeder Kontakt im echten Leben. Ein Teufelskreis hinab in die Isolation. So bleibt mir nur, jeden noch so flüchtigen Kontakt, jedes spontan im Vorbeigehen aufgesogene Bild, tief in meinem Gedächtnis abzuspeichern und für den späteren

Gebrauch beim Masturbieren aufzubewahren. Am besten klappt das mit Frauen, die mich von Berufs wegen nicht abweisen dürfen. Kassiererinnen etwa, oder Kundenberaterinnen. Deshalb wird jeder Gang in einen Supermarkt oder Kiosk zu einer Jagd nach Eindrücken, nach Fantasien. Auch Passantinnen auf der Straße können gute Gedankenobjekte sein. Wichtig ist nur, die aufregendsten Körperteile wie Klamotten, Beine, Po, Busen und Gesicht mit einem Blick in Sekundenschnelle zu erfassen und das Bild tief in meinem Gehirn einzubrennen. Ganze Stunden habe ich so schon zugebracht, immer auf der Jagd nach geilen Eindrücken zum Mitnehmen - mit einem schützenden Pullover oder Anorak bekleidet, der den Schritt gut bedeckt.

Es ist gar nicht so lange her, dass ich zumindest versucht habe, Frauen anzusprechen. Meistens endete ein solches Gespräch so abrupt, wie es angefangen hat. Oft wenn ich durch die Straßen schlenderte, übte ich eine seltsame Mischung aus dem beschämten Vermeiden von Blickkontakten einerseits und dem gezielten, fast hilflosen Anstarren ausgewählter Frauen aus. Stets aus sicherer Entfernung glotzend, verfehlten meine Blicke meist die hoffnungsvoll anvisierten Augen jener Schönheiten, die ich in meiner Fantasie gerade heftig mit meinem Schwengel penetrierte. Es geschah dann nicht selten, dass ich mir schlagartig über die Tragik meines Tuns bewusst wurde und mehr oder weniger unbewusst einen Weg einschlug, der mich geradewegs zur nächsten Tanke führte. Dort versorgte ich mich stets mit Unmengen an Bier, die ich sofort an Ort und Stelle zu trinken begann. Mit jedem hastigen Schluck versuchte ich, diese deprimierende Melancholie zu betäuben und soff mich behände jenem magischen Punkt entgegen, an dem sich die Umkehr vom Versagertum zum Heldentum vollzieht. Damit setzte dann auch regelmäßig diese rettende Art von Gleichgültigkeit gegenüber allen vorher gespürten Bedenken ein, die mich regelmäßig nach meiner Heimkehr die versifften Wichsutensilien aus der Schublade hervorkramen und einem weiteren, noch härter erarbeiteten, noch würdeloseren Orgasmus entgegenwichsen ließ.

Aber auch diese Zeiten sind vorbei. Längst habe ich es aufgegeben, auf meinen Ausflügen in die böse Außenwelt auch nur einen Funken von Hoffnung auf Erfolg zu hegen. Überhaupt suche ich nicht mehr nach möglichen Kontakten, denn unbewusst spüre ich, dass die Tür zur Welt der anderen für immer ins Schloss gefallen zu sein scheint. Trotzdem nehme ich mir vor, dass sich mein Schwanz in Zukunft seltener in Handtücher und Pornohefte ergießen soll. Denn irgendwie habe ich das Gefühl, dass mich jeder weitere würdelose Orgasmus immer tiefer in dieses schwarze Loch von sexueller Depression und Isolation zieht.

Mit dem Abklingen der Erektion verspüre ich einen leichten Drang zu pissen. Unerwartet schnell steigt er ins Unermessliche an. Kein Zweifel, beim Wichsen hat die Prostata beste Arbeit geleistet und den Pissdruck aus dem Bewusstsein gehievt. Jetzt aber, nach getaner Verrichtung, meldet sich die wieder prall gefüllte Blase mit aller Gewalt zurück. Unentschlossen schlage ich meine schlaffe Wurst hin und her, halte mühevoll den Urin zurück, indem ich meine Faust auf die Eichel presse. Ich habe einfach keine Lust auf einen öden Toilettengang und fummele mir an den Eiern herum. Dann geht es nicht mehr, die Blase duldet keinen Aufschub mehr. Hastig springe ich aus dem Bett und torkele in Richtung Klo. Zu hastig für meinen angeschlagenen Kreislauf, der schwerpunktmäßig noch auf die Lendenzone konzentriert ist. Mir wird schwarz vor Augen, ich verliere die Kontrolle über meine Beine, sacke in die Knie und gehe zu Boden. Machtlos muss ich zusehen, wie ein Strom warmer Pisse durch die Unterhose auf das Parkett läuft. In einer Lache liegend betrachte ich vom Boden aus die Zimmerdecke und bestaune die unnatürliche Kälte des hereinfallenden Tageslichts.

Ich saufe!

Mit dem Einsatz all meiner Kräfte stütze ich mich auf die Arme, um leicht wankend auf zittrigen Beinen mein Gleichgewicht wieder zu finden. Ein würziger Pissduft mischt sich mit der abgestandenen Raumluft. Unentschlossen starre ich auf die Lache unter mir und spüre plötzlich das Verlangen nach dem berauschenden Genuss leckeren Weins. Für die meisten Leute wäre es jetzt noch zu früh zum Saufen, auch dröhnt mir der Schädel noch ein wenig vom Vorabend. Egal, man lebt nur einmal - und ganz besonders dann, wenn kein langes Leben zu erwarten ist. Und was soll man mit einem trüben Nachmittag wie diesem sonst auch anfangen? Da darf man sich gerne ein Gläschen genehmigen, wenn man schon lange keine Termine mehr hat.

Ich trotte in Küche und greife eine wohlgeformte Flasche, deren Etikett viele frohe Stunden der Zufriedenheit verspricht. In einem Akt der heiligen Zeremonie entkorke ich sie und rieche an ihr. Der wohlige Geruch schweren Rotweins kitzelt meine Nase, während meine feuchten Hände den kostbaren Inhalt in eine Kaffeetasse dekantieren. Eilig hieve ich das Gefäß an meine Lippen und sauge die rote Flüssigkeit in wenigen Zügen hinunter in meinen Magen, wo sie sofort ein ganzes Feuerwerk an guter Laune entfacht. Es prickelt tief in mir drin, wohlige Wärme strahlt in alle Organe und Körperteile aus. Wie ein Nebelschleier an einem Sommermorgen lichtet sich das Gefühl von Würdelosigkeit und Depression und macht Platz für die pure Lebensfreude. Der schmeichelnde Abgang des schweren Roten hilft, diese quälende Melancholie gegen ein Glücksgefühl auszutauschen. Erst ganz schwach, dann schnell immer stärker werdend, kommt so etwas wie pure Lebensfreude auf. Mit weit aufgerissenem Mund rülpse ich schreiend in den Raum und fülle die Tasse erneut.

Ohne zu zögern greift meine rechte Hand wieder nach dem Henkel und hebt den Kelch an den Mund. Meine warmen Lippen umschmiegen seinen kühlen Rand, meine Augen bewundern die Schönheit der tiefroten Flüssigkeit, mein freudiger Geist erwartet voller Sehnsucht ihre magische Wirkung. Mit wenigen Zügen sauge ich die Tasse leer und schlage sie begeistert auf den Tisch. Ich verweile einige Sekunden und spüre in meinen Körper hinein. Die wohlige Wärme, die zunächst nur im Magen zu erleben war, arbeitet sich durch meinen gesamten Leib, bis sie schließlich meinen Kopf erreicht, wo sich das lang ersehnte Gefühl von Glück, Ruhe und Behaglichkeit ausbreitet. Das ist sie, die Reinform des Glücks, seine purste und unverfälschteste Gestalt! Mein Bewusstsein wird erhellt, meine Gedanken sind von erhabenster Güte und glasklar, mein messerscharfer Blick fixiert die Hände, die den letzten Rest der Flasche in den Kelch der Erkenntnis gießen. Von meinen starken Armen theatralisch emporgehoben, schlürfe ich ihn bis auf den letzten Tropfen aus, lasse ihn kühn auf den

Tisch fallen und wische mir mit einer theatralisch ausladenden Geste über den Mund. Sofort verlangt ein enormer Gasdruck im Magen seine Befreiung. Behutsam klopfe ich mir auf den Bauchspeck und rülpse mehrere Male laut brüllend die stinkenden Magengase in den Raum.

Bestürzt fällt mein Blick auf die leere Flasche. Wie wenig Wein doch in so einer Rotweinflasche ist, fällt mir auf. Nur ein mickriger Dreiviertelliter, das ist so gut wie nichts. Wer ist bloß auf die Idee gekommen, so lächerliche Gebindegrößen zu entwickeln? Ich muss unbedingt weiter trinken, ich giere nach neuem Rotwein, der mich schnell in ungeahnte Höhen menschlichen Bewusstseins katapultieren soll. Leicht taumelnd bewege ich mich auf den Vorratsschrank zu. Ich wühle ungestüm zwischen ausgesoffenen Dosen, zerfledderten Dessouskatalogen, alten Socken und Käseresten herum. Immer hektischer wühlen sich meine Hände durch den gesammelten Müll, während die schmerzliche Sorge, keinen Wein mehr finden zu können, mein Glücksgefühl in Angst umzuwandeln beginnt. Doch da, ich fühle mich gesegnet! Kurz vor dem Beginn der finalen Verzweiflung ertasten meine Finger das kühle Glas einer gefüllten Flasche. Nur wenige Handgriffe genügen, dann ist sie entkorkt und der erste Teil ihres kostbaren Inhalts schwappt wieder munter in der Tasse. Nur einen Augenblick später fiebert sie ihrer erneuten Füllung entgegen.

Beruhigung kehrt ein, ich bin gerettet. Ich schließe meine Augen und höre ein pulsierendes Rauschen, das sich nach und nach zu Worten verdichtet. Worte, die schließlich einen Satz, eine Parole, ein Mantra bilden: Ich saufe! Ich halte inne und kontempliere über diese zwei Worte. Ja, ich saufe! Immer wieder spreche ich es aus, wie ein Gebet, ein Bekenntnis. Ich saufe! Nicht anders soll es sein, nur berauscht ist es schön auf dieser Welt. Her mit den Flaschen und Dosen, ich saufe sie alle aus, denn ich bin der König der Gerechten, der Gerechte unter den Verlierern und der Verlierer unter Glücklosen.

In nur einer kurzen Stunde ist es mir mühelos gelungen, zwei Flaschen des billigen Roten zu leeren. Die mittlerweile stark gestiegene Erkenntnis meiner Erhabenheit beflügelt mich zur Suche nach weiteren leckeren Getränken. Aber jetzt hat mich mein Glück verlassen. In sämtlichen Schränken, Schubladen und Verschlägen ist keine noch so kleine Flasche oder vergessene Dose zu finden. Nichts mehr da, alles leer. Wie frustrierend es doch sein kann, so vom Schicksal im Stich gelassen zu werden.

Kein Zweifel, ich befinde mich in einer misslichen Notlage. Sie zwingt mich zum Handeln, denn der Alkohol kann seine Wirkung nur entfalten, solange sein Pegel im Blut ansteigt. Irgendwann hat er seinen Höhepunkt erreicht und beginnt wieder abzufallen. Und damit kehren wieder all diese quälenden Gefühle von Verlassenheit, Unfähigkeit, Angst bis hin zu

Niedergeschlagenheit und Trauer zurück. Meine Leber arbeitet gegen mich, denn sie zersetzt den kostbaren Stoff schneller in seine Bestandteile, als ich im Moment nachtrinken kann. Es hilft nichts, ich muss das Haus verlassen. Ganz in der Nähe befindet sich ein Supermarkt, der ein gut gefülltes Sortiment an alkoholischen Getränken führt. Ich muss nur einen knappen Kilometer zu Fuß gehen, einkaufen und alles nach Hause tragen - dann kann ich mich wieder in vollen Zügen dem Genuss hingeben. Die ganze Aktion dürfte nicht mehr als eine habe Stunde dauern - kein Problem also für einen Macher wie mich. Trotzdem, ich muss die schützende Wohnung verlassen und mich hinaus in die kalte Welt begeben, mich unter die feindlichen Menschen wagen.

Fremde Welt Supermarkt

K älte über Kälte! Wie weh sie doch tun kann! Kaum habe ich meine behagliche Stube verlassen, verfängt sich auch schon ein kalter Wind in meinem Anorak und treibt Schwaden feinsten Nieselregens durch die Gassen. Das Grau der feuchten Häuserfassaden deckt sich mit dem Grau des Himmels; bereits nach wenigen Schritten haben die winzigen Tropfen des Regens in meinen fettigen Haaren ihr neues Heim gefunden. Schwer atmend orientiere ich mich am Bordstein des Trottoirs. Ich will nicht allzu sehr durch meinen unsicheren Gang auffallen. Passanten kommen mir entgegen. Mir ist, als beobachteten sie mich alle argwöhnisch. Ganz so, als hätte ich ein nur für sie sichtbares Schild umgehängt, auf dem in großen roten Lettern das Wort „Trinker" geschrieben steht.

Jeden Blickkontakt vermeidend, trotte ich durch die tristen Straßen und erreiche nach wenigen Minuten den Supermarkt, in dessen großer Spritabteilung sich mannigfaltige Varianten des dringend benötigten Alkohols befinden. Es ist ein moderner Supermarkt, man erkennt es an der Eingangstür, die sich wie von Geisterhand öffnet und die Kunden in einen hell erleuchteten Innenraum einlässt. Mit einem Male schlägt mir die gleißende Helligkeit der zahllosen Neonröhren entgegen. Supermärkte haben alle eine künstliche und auch lebensfeindliche Atmosphäre, weil es nirgendwo Tageslicht gibt. Es gibt keine Fenster, nur kaltes Neonlicht. Supermärkte sind Kommerzwelten, die so künstlich sind, wie die industriell hergestellten Waren in ihren Regalen. Sie degradieren die Menschen zu Konsumvieh, das es einzuhegen gilt. Hierzu gibt es eine automatische Schranke, die den Menschenstrom zwingt, den Raum nur an den Kassen vorbei verlassen zu können. Man ist misstrauisch im Supermarkt, Kunden sind immer auch potenzielle Diebe, die Waren heimlich in ihren Rucksäcken und Tragetaschen verschwinden lassen könnten. Daher hat man auch ein Hinweisschild im Eingangsbereich aufgehängt, das dazu auffordert, Tragebehältnisse während des Einkaufs an den Kassen zu deponieren. So etwas habe ich gar nicht erst mitgenommen. Zu groß ist die Gefahr, mich einer Leibesvisitation unterziehen zu müssen. Doch mulmig ist mir trotzdem. Was wäre, wenn ich mich - warum auch immer - genötigt sähe, den Laden sofort wieder zu verlassen? Ich müsste zu den Kassen gehen, mich an den vielen wartenden Menschen vorbei zwängen, unzählige Male um Vergebung bitten und mich schließlich vor den Kassiererinnen für mein kaufloses Verlassen des Marktes rechtfertigen. Was wäre, wenn ich plötzlich kotzen, pissen oder vielleicht sogar *groß* müsste? Wo bloß soll ich in diesem spiegelblank geputzten Verkaufsraum meine Nothdurft* verrichten? Alles scheint hygienisch sauber und ist hell erleuchtet, es gibt keine noch so bescheidene oder verborgene Ecke, in der ich meine dringenden Bedürfnisse erledigen könnte. Das alles ist schon schlimm genug. Schlimmer aber scheint mir, dass man mir gerade ansehen dürfte, dass mein Interesse nicht den Waren in den Regalen, sondern etwas ganz anderem gilt. Es macht mich verdächtig und erregt Aufsehen, wenn ich unruhig durch die Gänge hechte, mich dabei ständig umsehe und mir verkrampft in den Schritt greife.

Mit unsicheren Schritten durchquere ich die schier endlosen Regalreihen, während meine rastlosen Augen die Abteilung mit den Flaschen oder alternativ ein verborgenes Eckchen zum Pinkeln suchen. Denn meine Blase hat sich in der Zwischenzeit wieder bis zum Bersten gefüllt und sendet stechende Schmerzen aus. Mein Pissdruck lässt sich nicht mehr länger aushalten, er hat biblische Ausmaße angenommen, ich muss mich dringend erleichtern. Doch wo bloß? Auf eine Toilette für Kunden hat man wohl zugunsten eines Leergutautomaten verzichtet. Was also tun? Verzweiflung macht sich breit. Schon längst ist mein Alkoholpegel am Sinken und damit auch meine Selbstsicherheit akut bedroht. Soll ich mich nun etwa doch an all den Kunden vorbei zwängen, die an den Kassen warten, dabei demütig „Verzeihung" murmeln und mich einer hochnotpeinlichen Leibesvisitation durch das sadistische Personal unterziehen müssen? Eine unzumutbare Tortur in diesem Zustand der höchsten Not. Nein, an den Kassen vorbei in die Freiheit zu entkommen, scheidet angesichts dieser Risiken aus. Es muss eine andere Lösung geben.

Unsicher, immer nervöser, taste ich mich durch die Regalreihen hindurch, getrieben von der vagen Hoffnung, vielleicht doch in irgendeiner Ecke noch eine versteckte Kundentoilette zu entdecken. Kalter Schweiß bedeckt meine Stirn, während ich aufs Höchste konzentriert durch die Gänge tappe. Ich darf keinen Fehler begehen, darf um Himmels Willen keine Waren aus den Regalen reißen. Das würde die Aufmerksamkeit der Leute sofort auf mich richten. Ich muss unauffällig bleiben, darf von niemandem mehr beachtet werden, als jeder andere Kunde auch.

Langsam wird die Unterhose feucht, weil ich immer mehr die Kontrolle über meinen Druckballon verliere. Tröpfchenweise sickert Pisse in die Außenwelt, aber noch ist meiner alten Jeans von außen nichts anzusehen. Vielleicht sollte ich die Pisse einfach laufen lassen, vielleicht würde man das der Hose garnicht ansehen. Ich stolpere weiter durch die langen Gänge, wobei ich immer verzweifelter versuche, dem heftigen Druck standzuhalten. Plötzlich geschieht ein Unglück. Ich kollidiere mit einer korpulenten Frau, die ein Kind mit fettigen Haaren hinter sich her zieht. Sie wirkt schlecht gelaunt, wohl weil ihr Sprössling unablässig in die Regale hineingreift und jede Menge Süssigkeiten in den Einkaufswagen wirft, der mit Unterschichtsspeisen geradezu überladen ist. Man erkennt das daran, dass es sich ausschließlich um Lebensmittel handelt, die man alle zusammen in einen Topf schmeißen und einen Nährschleim daraus kochen kann, von dem sich die ganze Sippe eine geschlagene Woche lang ernähren kann.

Durch den Zusammenstoß lässt die Fette ihr Balg los, das seine neu gewonnene Freiheit dazu nutzt, kreischend in die Spielzeugabteilung zu stürmen. Sofort prasselt ein nicht enden wollender Schwall von Beschimpfungen auf mich nieder. Ob ich denn keine Augen im Kopf hätte, nicht aufpassen könne oder eingeschlafen sei, rülpst es mir entgegen. Ich staune über dieses leblose Augenpaar, das mich aus dem Fettschädel mit einer rot gefärbten Kurzhaarfrisur obendrauf anglotzt. Ohne einen erkennbaren Hals sitzt die wabbelige Kugel direkt auf dem Rumpf der fetten Ollen, während ihre Mundöffnung unablässig Schimpflaute samt Mundgeruch in die Welt hinaus grunzt. Wie paralysiert stehe ich zitternd vor der lärmenden Pommestonne, kriege kein Wort heraus. Mit der Zeit lenkt das Gezeter die Aufmerksamkeit der Leute auf mich. Wie in einem Film betrachte ich mich selbst, und zwar so, als schaute ich mir von außerhalb meines Körpers zu. Große Meister der Meditation brauchen dafür Jahre, ich nur zwei Flaschen Wein, einen Supermarkt und eine asoziale Kuh. Natürlich ist der Wutausbruch der Fetten völlig überzogen. Sie lässt den ganzen Frust über ihr eigenes elendes, sinnloses Leben samt ihrer ungewollten Kinder an mir aus, ich weiß das ganz genau. Und ganz klar bin ich im Recht, habe nichts Verbotenes getan. Doch trotzdem habe ich nicht die geringste Chance, dem Sermon des ekligen Weibes Paroli zu bieten. Machtlos und tief gedemütigt kann ich nichts zu meiner Verteidigung entgegnen, außer einem heiseren, wehrlosen Stottern.

Plötzlich erscheint ein weißer Fleck am äußeren Rand meines Gesichtsfelds, der immer größer wird. Ein Weißkittel eilt herbei, um nach dem Rechten zu sehen. Er fragt die Fette, ob er helfen könne, worauf diese mit ihrem speckigen Finger auf mich zeigt und weitere Anschuldigungen absondert. Mit einem Male ist alles still. Zwei Augenpaare glotzen mich an. Eines davon entsetzt mich noch immer wegen seiner unnatürlichen Leblosigkeit, das andere dagegen ist erfüllt mit feindseliger Neugierde. Beide glotzen mich hasserfüllt an und erwarten eine Reaktion, eine Antwort. Sie verlangen eine Geste der Demut und Devotion, einen Kniefall, einen Kotau, eine rituelle

Niederwerfung. Sie verlangen, dass ich den gesamten Weg durch den Supermarkt vom Eingang über die Alkoholabteilung bis hin zu den Kassen mit meiner Körperlänge ausmesse - und zwar nackt, so dass Sack, Eier und Schwanz über den dreckigen Fussboden schleifen und eine schleimige Spur hinterlassen. Mir stockt die Zunge. Noch immer kann ich keine Worte zu meiner Verteidigung oder gar meiner Rechtfertigung formulieren. Es könnte kaum niederschmetternder für mich sein, ich bin unschuldig und kann es nicht artikulieren. Über meine Lippen kommen nichts als protoverbale Andeutungen, dringend auf die Toilette zu müssen. Mit einer imperialen Geste bedeutet mir der Weißkittel mitzukommen. Aufs Tiefste gedemütigt werde ich von ihm zum Ausgang eskortiert. Er demonstriert mir seine gottgleiche Macht und Potenz, indem er die Eingangsschranke von innen öffnet. Nur ihm ist das möglich, niemand anderem sonst. Schweißgebadet entkomme ich in die Freiheit, wo mich der nasskalte Nieselregen in die Arme schließt. Nach dem eben Erlebten erscheint mir das trübe Herbstwetter wie ein liebevoller Willkommensgruß.

Schon lange wurde ich nicht mehr so abgrundtief gedemütigt. Um mein Leid wenigstens ein wenig zu lindern, stelle ich mir vor, wie ich in Gestalt eines heldenhaften Schwer- und Gewaltverbrechers, eines skrupel- und gewissenlosen Serienmörders, diesen tumben Weißkittel mit vorgehaltener Waffe und unter Androhung der übelsten Folter zwinge, die fette Kuh zu begatten. Ich stelle mir vor, wie die Olle seinen kleinen Wurstpenis so lange lutschen muss, bis er steif geworden ist und auf ihre pelzige Zunge ejakuliert. Anschließend würde sie ihm ins Gesicht scheißen müssen, wobei er den gigantischen Haufen bis nahe an seinen qualvollen Erstickungstod auf seiner hässlichen Supermarktfresse liegen lassen müsste. Die Fette würde ich zum Abschluss zwingen, die Kacke abzulecken, bis er wieder Luft bekommt und um Gnade winseln kann.

Diese Fantasien helfen mir, das Gefühl der tiefen Peinigung soweit abzumildern, dass ich mich langsam wieder dem Trübsal der regnerischen Realität stellen kann. Meine beiden dringendsten Probleme sind noch lange nicht gelöst: ich brauche Alkohol und muss pissen. Letzteres scheint am einfachsten lösbar zu sein. In der Nähe steht ein einsamer Unterstand für Einkaufswagen. Mit zittrigen Fingern krame ich dort meinen Penis hervor und strulle in einem Gefühl tiefster Dankbarkeit an einen Metallpfosten. Ich genieße jede Sekunde meiner Verrichtung in vollsten Zügen. Nach dem Abschütteln der letzten Tropfen verstaue ich meinen Schlauch wieder in der Hose und mache mich erleichtert auf den Weg.

Durchnässt und frierend erreiche ich ein wenig später die große Tankstelle. Ich besitze kein Auto und war auch noch nie deshalb dort, um schnödes Benzin zu tanken. Um so öfter allerdings, um mich selbst mit Treibstoff zu versorgen, was hier besonders gut geht, weil rund um die Uhr geöffnet ist. Mein Alkoholpegel fällt in bedrohlichem Tempo ab, es darf jetzt kein Fehler passieren. Nicht auszudenken, wenn ich auch hier kauflos rausgeworfen würde. Ich reiße mich zusammen, sammele mich, rücke die nasse Kleidung zurecht und schreite erhobenen Hauptes in den Verkaufsraum. Routiniert führen mich meine Beine zum Kühlregal mit den ersehnten alkoholischen Getränken. Ich klemme mir entschlossen acht Dosen Starkbier unter die Arme und stelle alles wortlos vor der Kasse ab. Der Kassierer tippt den Betrag ein, ich zahle wortlos, verstaue die kostbare Ware in den Taschen meines Anoraks und bin Sekunden später wieder draußen in der vergleichsweise gefahrlosen Freiheit. Wie reibungslos und professionell das Leben doch funktionieren kann.

Ich öffne sofort die erste der acht goldenen Dosen und sauge ihren Inhalt in einem Zug in mich hinein. Ein wohliger Schauer durchströmt meinen Körper, der rapide sinkende Alkoholpegel kann endlich aufgefangen und in die Höhe getrieben werden. Mein Magen ist bis zum Bersten gefüllt und die Sonne mittlerweile fast untergegangen. Und so begrüße ich diesen neuen Abend mit einem hinausgeschrieenen Rülpsen, das von einer nahen Hauswand als Echo zurückgeworfen wird. Doch das reicht noch lange nicht. Eine Dose ist keine Dose; zwei müssen es schon sein, um mich mit dem Erlebnis im Supermarkt zu versöhnen. Oder besser, um es tief im Unbewussten zu versenken und dadurch - zumindest vorläufig - unschädlich zu machen. Hastig fingere eine weitere goldene Dose aus meinem Anorak. Mit fahrigen Fingern reiße ich den Verschluss auf und setze sie an. Es folgt ein tiefer Schluck. So tief, als wolle ich den Geist dieser fremden Substanz ganz und gar in mich aufnehmen und eins mit ihm werden. Eine Metapher, die so falsch nicht ist. Schließlich ist der Geist des Bieres sein Alkoholgehalt, und dieser liegt im Falle meines sehr gut gebrauten Starkbieres bei stolzen siebeneinhalb Volumenprozent. Ich trinke dieses Bier nicht etwa, weil es mir gut schmecken würde, sondern nur, weil es mir einzig und allein auf die Wirkung ankommt. Alles andere ist mir völlig egal. Hauptsache, es zockt - und das nicht zu knapp. Normales Bier, also Pilsener oder Export mit seinen lächerlichen paar Prozentchen, kommt mir schon lange nicht mehr in die Kehle. Was für eine Arbeit, sich mit dieser Plörre einen veritablen Rausch anzusaufen. Bevor man die Weihen eines höheren Bewusstseins auch nur annäherungsweise erreicht, hat man sich die Seele aus dem Leib gepisst. Man rennt und rennt aufs Klo und prügelt sich zwischendrin die Flaschen rein. Auf Ex versteht sich, sonst sinkt der Pegel schneller, als man für Nachschub sorgen kann. Wer tut sich sowas freiwillig an?

Die Realität des Biertrinkens

Plötzlich muss ich an die Fernsehwerbung der Brauereien denken. An all die realitätsfernen Bilder, auf denen meist junge, adrett gekleidete Leute, gesellig in einer hippen Kneipe, auf einem Segelboot oder einer anderen interessanten Location sitzen und in angeregte Konversationen vertieft an ihren sauberen Biergläsern nippen. So trinken nur Verlierer, Warmduscher oder elende Muttersöhnchen ihr Bier. Mit der beinharten Wirklichkeit des fortgeschrittenen Wirkungstrinkens hat das nicht die Bohne zu tun. Sicher, man kann Freunde treffen, sich angeregt unterhalten und dabei ein gepflegtes Bier trinken. Doch was geschieht, wenn dieses eine gepflegte Bier ausgetrunken ist? Und das geht schnell, viel zu schnell. Dann bestellt man ein zweites, das man auch noch gepflegt trinkt - in aller Gediegenheit und Mäßigkeit, versteht sich. Die Konversation ist dann auch noch angeregt und interessant, vielleicht gibt man sogar noch ein positives Bild in der Gruppe ab. Noch immer passt man bestens dazu, verhält sich erwartungsgemäß. Doch wie schnell ist auch dieses zweite Bier ausgetrunken? Selbst ein halber Liter wird zum sprichwörtlichen Tropfen auf dem heißen Stein, möchte man nur den minimal opportunen Redeanteil in einer solchen geselligen Runde ableisten. Dann muss ein drittes Bier her, wobei der ein oder andere adrett Gekleidete in der geselligen Runde vielleicht verwundert aufmerkt. Ab drei halben Litern Bier endet für die meisten das Genusstrinken und beginnt das Wirkungstrinken, die Sucht, das abweichende Verhalten. Ab drei Gläsern fangen die ersten in der Runde an, genauer hinzusehen.

Doch schneller, als es jedem Beteiligten Recht ist, ist auch dieses Glas wieder leer. Doch was tun? Der Pegel breitet sich doch gerade so schön im Kopf aus. Alles wirkt so bunt, ist so lebendig und intensiv - zumindest innerlich. Jetzt aufzuhören wäre eine Sünde. Ab dem vierten großen Bier beginnt die Konversation dann immer mehr zur Nebensache zu werden. Sie war zwar schon vorher etwas lästig, doch nun beginnt sie, richtig zu nerven. Immer öfter hört man nicht mehr zu und gibt sich seinen Fantasien und Gedanken hin, driftet innerlich weg. Ist der Schalter erst einmal umgelegt, gibt es weder Halten noch Zurück. An oder Aus, Alkoholtrinken ist binär. Mehr und mehr verlagert sich die geistige Aktivität vom Außen auf das Innen. Und je mächtiger die Innenwelt wird, desto unwichtiger wird die Außenwelt. Was zunächst nicht das Schlechteste ist, denn so bestellt sich das fünfte Bier mit weniger Skrupeln. Am Ende des Fünften hat man sich dann schon soweit von der Konversation in der geselligen Runde entfernt, dass Aufmerksamkeit und Interesse für das mittlerweile als blödsinnig empfundene Geschwätz nur noch durch ab und an widerwillig eingeworfene Zustimmungs- oder Annahmelaute geheuchelt werden. Einen passenden oder gar intelligenten Beitrag bekommt man nicht mehr hin. Wozu auch? Intern dagegen kreisen die

Gedanken in höchsten Sphären, betört wohlklingende Musik, spielt das anregende Kopfkino.

Und natürlich muss gleich wieder Nachschub her, der schnell auf dem Tisch steht. Allerdings wird der Bestellvorgang zunehmend zur Gefahr, da hierbei peinliche Sprachprobleme offensichtlich werden können. Der Konversation am Tisch lässt sich nicht zuletzt auch deshalb nicht mehr folgen, weil man ständig pissen muss und den Anschluss verliert. Auf dem Klo spielt sich dann auch immer das Gleiche ab: Pimmel raus, strullen und hoffen, dass keiner vom Tisch zufällig auch im Klo erscheint. Man wäre dann ja gezwungen, ein paar höfliche Worte zu wechseln. Oft kommt es dabei zur gefürchteten Pinkelhemmung, wenn man vor lauter Verkrampfung trotz randvoller Blase keinen Tropfen Pisse herauskriegt, nur weil man sich beobachtet fühlt, Zweifel über die Penisgröße aufkommen oder man verlegen wird. Sprachprobleme würden sich in der entlarvenden Face-to-Face-Situation, fernab von kaschierenden Nebengeräuschen der Kneipe und der Auffangfunktion der Gruppe, nicht mehr verbergen lassen. Der andere würde schnell merken, was Sache ist. Meist hat man jedoch Glück und es kommt keiner hinzu. Dann zögert man die Zurückgezogenheit auf dem Klo noch eine Minute heraus und gibt sich seinen pulsierenden Gedanken hin. Nach einiger Zeit reißt man sich dann wieder zusammen und schreitet zurück an den Tisch - in demonstrativ straffer Haltung und mit aufgesetzt interessierter Miene. Doch schon längst hat man jegliches Interesse an dem Kram verloren, den die anderen sich so munter erzählen. Es sind nur wertlose Worthülsen, die wie Abgase in den Äther geblasen werden.

Und da man ohnehin schon schief angeguckt wird und der ein oder andere kritische Spruch zwischen den Zeilen zu vernehmen ist, geht es nur noch darum, die gesellige Situation schnellstmöglich zu verlassen, um sich woanders ungestört und in aller gebotenen Ruhe dem Rausch hingeben zu können. Nach einem siebten Bier nuschelt man eine kaum hörbare und für die anderen meist absurde Verabschiedung in die Runde, zahlt und macht sich aus dem Staub. Aber nicht, um nach Hause zu gehen, sondern um sich in der nächsten Tanke für eine Fortsetzung des Abends ausgiebig zu verproviantieren. Für eine Fortsetzung alleine, ohne die belästigende Anwesenheit anderer. Die erste Hälfte der Dosen geht dann für den Heimweg drauf, der sich, je nach Lust und Laune, durch Umwege beliebig verlängern lässt. Die zweite Hälfte findet schließlich zuhause in die Kehle, wo man schließlich nach dem insgesamt zwölften bis fünfzehnten Bier ins Bett torkelt und zufrieden in den Schlaf fällt. Vielleicht kotzt man vorher noch auf den Fußboden, rutscht in der Soße aus und pennt gleich dort ein. Das ist die Realität des Trinkens, nicht der glattpolierte Mist aus der Werbung.

Gewiss, solche Kunstfiguren gibt es tatsächlich. Sie halten sich einen ganzen langen Abend an zwei winzigen Gläschen Bier fest und kauen einem das Ohr ab, während sie wie Katzen an ihren lächerlichen Pfützen schlabbern. Danach gehen sie nach Hause und legen sich in ihre Betten oder verprügeln ihre Kinder. Unvorstellbar, aber wahr. In früheren Zeiten hatte ich viele solche Menschen als Freunde oder Bekannte. Bloß wurden diese mit der Zeit immer weniger. Sie sind unter sich geblieben, haben mich sukzessive aus ihren ach so geselligen Runden ausgegrenzt. Was mir nicht unrecht war, denn so konnte ich schließlich trinken, ohne auf ihre lächerlichen Befindlichkeiten Rücksicht zu nehmen. Unvergessen das angeekelte Gesicht eines damals guten Freundes, dem ich mal versehentlich ins Gesicht gerülpst hatte - und zwar samt Bröckchen aus dem Magen, die vom Gas mitgerissen wurden und mir über die Lippen kamen. Oder ein anderer Abend, an dem ich betrunken das Gleichgewicht verloren hatte und sabbernd in eine Schrankwand mit gläsernen Vitrinen zur Aufbewahrung von Porzellantellern gestürzt war. Die geselligen Abende zusammen mit sogenannten Freunden wurden jedenfalls immer weniger. Um so schneller fand ich die wesentlich befriedigenderen Formen der Geselligkeit mit mir selbst. Ich konnte endlich nach der 4-W-Regel saufen: Was, wann, wo und wieviel ich wollte.

Während ich so vor mich hin sinniere, ist meine Dose schon wieder leer. Aber das Absinken des Pegels wurde immerhin gestoppt. Mit der Zeit kehrt endlich das ersehnte Wohlgefühl in meinen Körper zurück.

Und auch die Erinnerung an mein Erlebnis im Supermarkt wird blasser und blasser. Zufrieden schlendere ich durch ein gutbürgerliches Wohngebiet. Überall gepflegte Einfamilienhäuser, zu jedem gehört ein Garten und ein Carport. Hier hat jeder Haushalt mindestens zwei Autos der Mittel- oder Oberklasse. Und damit die protzigen Benzinschleudern bei Regen nicht nass werden, stellt man die guten Stücke unter solche Überdachungen. Denn diese bieten den Vorteil, dass man die Karren von außen gut bestaunen kann und als Betrachter sofort weiß, dass man es hinter den schmucken Fenstern und Türen zu etwas gebracht hat, dass man gut situiert und in der besseren Gesellschaft angekommen ist.

Ich finde das widerlich und rotze auf den Boden. Ich weiß genau, dass hinter den verschlossenen Fenstern eine ganz andere Realität herrscht - und noch lange keine bessere. Was dort herrscht, ist Langeweile, Angepasstheit und Angst. Angst davor, all die mühsam erwirtschafteten Statussymbole eines Tages wieder abgeben zu müssen, weil man seinen elenden Job verliert, zu dem man sich seit Jahren ohnehin nur unter Zwang geschleppt hat, damit man sich die zwei Autos samt Carport auch leisten kann. Weil man viele Jahre seines Lebens investiert hat, um sich zwei Haufen Blech unter ein Dach zu können. Doch das Schicksal ist gnadenlos. Eines Tages findet man einen Knubbel am Halsansatz, geht nichtsahnend zum Arzt und kriegt dort die Diagnose „Leukämie" auf den Tisch geknallt. Dann nämlich weiß man, dass alles umsonst war. Die ganze sorgsam geplante Ausbildung, das Studium, dessen Inhalt einen ohnehin nie interessierte und das man nur deshalb durchzogen hat, weil man es in einem anderen Fach zu nichts bringen konnte; die mit unendlich vielen Mühen und Entbehrungen aufgebaute Karriere in irgendeinem verlogenen Drecksunternehmen, das ohnehin nur dazu da ist, irgendwelche reichen Bonzen noch reicher zu machen; das demütigende Gebuckele vor Chefs, das Kriechen vor Investoren, Kunden oder Klienten, all die Überstunden und zurückgestellten Hobbys, diese ganzen vielen Jahre an verschwendeter Lebenszeit, um Gehälter zu verdienen, die es einem ermöglichen, ein Haus, zwei Autos und ein Carport zu kaufen. Im Grunde alles Dinge, die man eigentlich nie haben wollte, die man schon immer für überflüssig hielt, aber dann irgendwann dringend zu benötigen glaubte, weil man dazugehören wollte. Weil man vor Nachbarn, Familie, Kollegen und Freunden ein gutes Bild abgeben, es zu etwas gebracht haben wollte. Und dann also die vernichtende Diagnose, die das unablässige Gebuckele und Getue mit einem einzigen Schlage in Frage zu stellen vermag. Und dann das tiefe Loch, die abgrundtiefe Trauer, die vernichtende Verzweiflung und Hoffnungslosigkeit angesichts eines komplett verschwendeten Lebens ohne jedwede Zukunft.

Da lobe ich mir doch meine Freiheit und mein Bier. Natürlich hatte ich früher auch mal einen festen Job und halbwegs gute Aussichten auf so etwas wie eine Karriere. Damals stand mir die Welt noch offen, ich hätte nach Abitur und Ausbildung so ziemlich alles erreichen können. Doch zum Glück ist mir der Absprung gelungen, ich musste meine besten Jahre eben nicht im Idioten-Hamsterrad unselbständiger Erwerbsarbeit verschwenden.

Darauf erhebe ich meine Dose, doch die ist auch schon wieder leer. Ich schleudere die ausgesoffene Hülse ostentativ auf die Strasse und greife die nächste. Während sie blechern über den Asphalt kullert, habe ich bereits mehrere tiefe Züge Bier in mich hinein gesogen. Ich klopfe mir auf den Bauch und rülpse schreiend in die Nacht. Ich kann beim Rülpsen Worte artikulieren, diesmal kommt mir ein gurgelndes „Proooost" über die Lippen, danach sauge ich den Rest der Dose aus und schleudere auch sie auf den Bürgersteig. Ein kaum auszuhaltender Pissdruck hat sich mittlerweile wieder bemerkbar gemacht und verlangt nach seiner unverzüglichen Verminderung. In dieser Nebenstraße ist es ruhig, daher halte ich es für eine angemessene Idee, mein Geschäft gleich an Ort und Stelle zu verrichten. Umständlich fummele ich meinen Schwanz aus der Hose und strulle einfach vor mich hin, lasse den Urin genussvoll laufen. Plötzlich schält sich eine Frau mit Kinderwagen aus einem Tor heraus und bewegt sich direkt auf mich zu. Ich muss abbrechen, und zwar schnell. Doch der Strahl war gerade in vollem Gange und kann nur schlecht gestoppt werden. Trotzdem, der Schlauch muss weg, bevor die Frau meine Höhe erreicht hat. Sie hat mich garantiert schon gesehen, wie ich hier am Gartenzaun stehe und das Unkraut bepinkele. Hastig stopfe ich meinen triefenden Schwanz, noch mittendrin im Strullen, wieder in den Hosenlatz zurück. In der Hose pinkelt der Pimmel noch länger weiter und rächt sich so für das abrupte Ende seiner Verrichtung. Kaum ist die Frau außer Sichtweite, hole ich den nassen Schwengel wieder raus und setze mein Geschäft fort. Unglaublich, wieviel Flüssigkeit noch in der Blase ist. Fast kommt es mir so vor, als fließe aus Leber, Galle und Gekröse mehr in die Blase hinein, als ich rauspinkeln kann. Was für ein Wunderwerk mein Körper doch ist, ein unermüdlich schuftender Apparat, der nur dazu da ist, mir Wohlgefühle und Freuden zu bereiten. Endlich leergepisst wandere ich langsam weiter durch die vollgeparkten Straßen der gutbürgerlichen Spießersiedlung. Aber nicht in die Richtung meiner Wohnung, sondern auf den Wald zu, der einen knappen Kilometer hinter den letzten Häusern beginnt. Ich weiß nicht, was genau mich dorthin zieht und was ich dort will. Vielleicht ist es die vage Ahnung, in einer nicht-menschlichen Umgebung mehr Ruhe und Zufriedenheit, mehr zu mir selbst zu finden. Vielleicht suche ich aber auch einfach nur eine neue Kulisse für meinen Suff.

Im Wald

Langsam lasse ich die letzten Häuser hinter mir. Stille kehrt ein, immer weiter entferne ich mich vom Trubel und Tun meiner Mitmenschen. Der niemals ruhende Autoverkehr rauscht mit jedem Schritt etwas leiser in meinen Ohren. Ein bisschen unheimlich ist mir schon, hier in der Finsternis, die sich wie ein Schleier um meinen Körper legt. Ich möchte nicht wissen, was mir da alles auflauern kann. Ob es Geister gibt? Gespenster, Kobolde, Irrlichter oder weiße Frauen? Nicht wirklich, denke ich. Aber wer weiß das schon so genau? Vielleicht gibt es sie ja doch. All diese furchterregenden Geschichten von Dämonen, Gnomen, unerklärlichen Erscheinungen oder tanzenden Schatten müssen doch irgendeine halbwegs reale Grundlage haben. Sowas denkt sich doch keiner aus. Ich drehe mich um und schaue hinter mich. Irgendwie ist mir, als verfolge mich etwas, als schleiche mir etwas nach. Doch ich kann in dieser Dunkelheit absolut nichts erkennen. Sehr wahrscheinlich ist es wohl auch nicht. Aber Umkehren kommt nicht Frage. Jetzt, da ich mich einmal für den Gang in den Wald entschieden habe, gibt es kein Zurück mehr. Und was hilft besser gegen die Furcht, als eine neue Dose? Schnell habe ich sie zur Hälfte geleert und fühle mich imstande, meinen Weg fortzusetzen. Und siehe da, der Wald scheint mich nun mit offenen Armen zu empfangen, denn der Wald ist Bedrohung und Zuflucht zugleich. Es gibt sogar genügend Restlicht, um den Weg zu erkennen.

Ich denke zurück an früher, als ich noch ein Kind war. Mit meinen Eltern wohnte ich damals auch in so einem gutbürgerlichen Wohnhaus in der Nähe eines größeren Waldes. Oft hatten ich und meine Freunde dort gespielt und uns als engagierte Mitglieder eines örtlichen Pfadfindervereins für Zeug wie Flora und Fauna interessiert. Es gab Zeiten, in denen der Wald so etwas wie unser zweites Zuhause war. Wir konnten stundenlang durch Bäume und Gebüsch wandern und seltene Pflanzen und Tiere erspähen. Hinter jeder Weggabelung gab es etwas Neues zu entdecken, und auch der Verlauf der Jahreszeiten verwandelte den Wald fast täglich in ein besonderes Erlebnis, ließ ihn stets in einem anderen Gewand erscheinen. Heute ist mir der Wald fremd und bedrohlich geworden, er macht mir Angst. Tiefes Unwohlsein und Furcht begleiten meine Schritte durch ein Terrain, das ich früher so sehr mochte, heute aber nicht mehr kenne. Aber nicht nur mit dem Wald geht es mir so. Auch die Stadt und selbst meine Wohnung sind mir fremd geworden. Manchmal bin sogar ich mir selbst gegenüber so fremd, dass ich arge Schwierigkeiten habe, in mir die Person wieder zu erkennen, die ich eigentlich bin. Heimisch und geborgen sowie im Reinen mit mir selbst fühle ich mich nur noch nach vielen Dosen Bier.

Mittlerweile bin ich schon ein ganzes Stück weit in den Wald hineinmarschiert. Rechts erkenne ich einen Stapel gefällter Holzstämme - ein guter Platz für eine kleine Rast. Ich setze mich hin und lausche in die

Nacht hinein. Es ist sehr still, nur ein leiser Wind bläst durch die immer nackter werdenden Bäume. Um so lauter höre ich meinen Atem und sogar meinen Herzschlag. Zufrieden trinke ich die Dose leer und spüre dieses angenehme Kribbeln im Bauch, das sich langsam in einen stärker werdenden Darmdruck verwandelt. Während ich nämlich durch meine intensiven Gedanken an meine Jugend vom übrigen Körpergeschehen abgelenkt war, hat sich - ganz leise, klammheimlich und unbemerkt - ein ziemlicher Kackdruck in meinen Därmen angestaut. Ein Druck, der nach Befreiung schreit, und zwar hier und jetzt! Doch ein Pfropfen aus Kot hindert die Furzgase am Austritt, doch der Druck wird sekündlich stärker. So stark, dass es kolikenhaft im Gekröse schmerzt. Gerade will ich meine Hose herunterlassen und mich befreien, als mir eine Idee kommt. Wozu bin ich hier im Wald, wo weit und breit keine Menschenseele ist? Warum also nicht hoch auf den Stapel klettern und von oben herunter scheißen? Um so besser! Bei dem Gasdruck käme das einem Weitscheißen gleich. Ich beglückwünsche mich für diese schöne Idee und erklimme den Baumhaufen. Oben angekommen wanke ich an das Ende des Stapels, ziehe die Hosen runter und gehe in Hockstellung. Jetzt bloß nicht runterfallen! Egal, der Effekt ist das Risiko wert. Ich halte mich an einem Stamm fest und bringe meinen Hintern in eine gute Position. Dann atme ich tief ein und presse mit der gesammelten Kraft aller wichtigen Bauch- und Arschmuskeln den Darminhalt in die friedliche Nacht heraus. Zischend entweicht das

Gemisch aus Gas und Dünnschiss meinem Rektum. Die flüssigen Bestandteile meiner Ausscheidungen spritzen in hohen Bögen davon und ich bedauere, dass ich mein Kunstwerk nicht bei Tageslicht begutachten und würdigen kann. Ich bin ein Kotpilot im Abendrot, mein Cockpit sind die Arschbacken, der Pimmel und das Loch. Erleichtert halte ich in meiner kauernden Haltung inne und warte, bis die letzten Tropfen der Flitzkacke abgetropft sind. Der nächtliche Wind tut sein Übriges und trocknet die Reste zwischen den Arschbacken an, so dass ich die Hose wieder hochziehen und mich hinsetzen kann. Jetzt, da der störende Darmdruck wieder weg ist, fingere ich merklich angetrunken die letzte Dose aus dem Anorak. Ein Anflug von Panik ergreift mich. Ich werde nicht mehr viel trinken können, ohne kotzen zu müssen. Außerdem geht mein kostbarer Biervorrat langsam zur Neige und der Heimweg ist noch lang.

Nach den ersten Schlucken aus der neuen Dose überkommt mich ein Gefühl der tiefen Ruhe und Entspannung. Meine immer weiter ausschweifenden Gedanken verlassen die benebelte Gegenwart und kehren zurück zu den Schauplätzen meiner obskuren Vergangenheit. Aus dem undurchdringlichen Dickicht dunkler Erinnerungen formt sich langsam eine Gestalt, die ich als Astrid, meine damalige Verlobte, ausmachen kann. Nachdem ich Schule, Wehrdienst und die öde Berufsausbildung in einem abgehobenen Drecksladen hinter mich gebracht hatte, fand ich eine langweilige Anstellung als Sachbearbeiter in einem

Unternehmen, das mit Kopierpapier und ähnlich spannenden Dingen handelte. Meine Aufgabe bestand im wesentlichen darin, Bestellungen zu bearbeiten und die Ablage zu betreuen. Eine quälend öde Tätigkeit am untersten Ende der Hierarchiekette. Nur noch Azubis oder Putzen mit Migrationshintergrund standen tiefer als ich. Trotzdem gewährte man mir einen eigenen Schreibtisch samt EDV-Gerät und Telefon. Letzteres aber eher, um mich schnell und mühelos mit Aufträgen und Anfragen traktieren zu können. Für die meisten meiner Kollegen waren diese Geräte auch wichtige Insignien des kaufmännisch-bürokratischen Selbstverständnisses.

Bereits in meiner Ausbildung habe ich gelernt, dass sich die hierarchische Position der Angestellten an scheinbar bedeutungslosen Gegenständen ablesen lässt, mit denen sie ihre Schreibtische ausstatten. All dies erschloss sich nur den geübten Augen eines echten Büro-Insiders, also eines armen Menschen, der lange genug in einem industriellen Menschenkäfig verbracht hatte, um die bürointerne Hackordnung treffsicher anhand subtiler Symbole einschätzen zu können. Im kaufmännischen Betrieb gab es keine Rangabzeichen wie etwa beim Militär. Auch war es verboten, die zugewiesenen Schreibtische mit privaten Protzgegenständen wie Pokalen oder Monstranzen zu verzieren. Doch da der gewöhnliche Angestellte von einer gewissen Hierarchiestufe aufwärts gerne seinen sozialen oder betrieblichen Status zur Schau stellt, hatte sich in den ästhetisch ausgesprochen stark reduzierten Milieu der Großraumbüros eine subtile Symbolsprache etabliert. Jene, die gar nichts zu melden hatten, die lediglich Befehlsempfänger der niedersten Angestelltenklasse waren, mussten etwa an sehr alten Schreibtischen Platz nehmen, deren Tischkante sich eine Handbreit unter der der höheren Angestellten befand. Auch hatten diese Menschen keine EDV oder Telefone vor sich, lediglich schnöde Ablagekörbe und vielleicht eine Lampe zierten ihre graugrünen Tischflächen. Wenn sie ein wenig Glück hatten, durften sie noch eine Tischrechenmaschine mit riesigen Tasten bedienen oder sogar in einem Jahreskalender nachblättern, wie lange sie noch am Katzentisch sitzen mussten. Oft befanden sich diese Tische an den Kopfenden der paarweise gruppierten Schreibtische der höheren Angestellten. Folglich war es der innigste und tiefste Wunsch einiger der niederen Zuarbeiter, irgendwann einmal an die höheren und besser ausgestatteten Tischen umziehen zu dürfen. Auf diesen nämlich befand sich meist zusätzlich zu der obligatorischen EDV ein modernes Telefon mit allerlei lustigen Knöpfchen, vielleicht ein Faxgerät, kostbare Büroutensilien und dazu noch prall gefüllte Ablagekörbe. Je mehr Zeug sich also auf den Tischen befand, desto höher war die Position desjenigen, der daran saß. Am oberen Ende der Hierarchiekette standen all jene Angestellten, die gleich in zwei Bildschirme vor sich glotzen konnten. Diese sehr wenigen Personen waren so etwas wie die Beherrscher des Büros, sie waren gewissermaßen die Hirten der Sachbearbeiterherde. Vor ihnen musste man sich fürchten, da sie nicht nur die Macht zu bestrafen hatten, sondern auch Belohnungen an jene austeilten, die ihnen besonders devot zu Diensten waren.

Ultimativer Dreh- und Angelpunkt des Büros, sein geheimes Gravitationszentrum, war jedoch die Nische mit der Kaffeemaschine. Die Herstellung dieses Getränks besaß den Stellenwert einer heiligen Zeremonie, und längst nicht jeder Angestellte durfte sie durchführen. Der Kreis jener Personen, die dieses Gerät bedienen und ihm Kaffee entnehmen durften, war sehr klein. Und er spiegelte exakt die Hierarchie innerhalb des Bürouniversums wieder. Meine Position befand sich zwischen denen, die keine EDV besaßen, und jenen, die den Kaffe zubereiten durften - kurzum, ich hatte wenig zu melden, aber auch nur wenig zu verlieren. Doch weil Umfang und Anspruch meiner Arbeit meiner hierarchischen Position entsprachen, konnte ich das Treiben im Büro lange und ausführlich studieren.

Mit der Zeit stellte ich fest, dass sich das Verhalten der Büromenschen mit einer Herde Kühe vergleichen ließ. Die Kühe grasen emsig an ihren angestammten Plätzen, trotten gelegentlich zum Trog, wobei sie streng auf die interne Hackordnung der Herde achten müssen, und werden in ihrem gesamten Handeln von einem furchteinflößenden und fetten Oberochsen geleitet. Dieser fläzt behäbig in einer gigantischen Matschkuhle, von wo aus er streng darauf achtet, dass die Herde fleißig die Wiese bearbeitet und sich keinerlei Müßiggang hingibt. Meine Position auf der Wiese war mit der eines Kalbes zu vergleichen, das noch keine Milch liefert, nicht aus dem Trog trinken darf und der Allmacht des Oberochsen in besonders schutzloser Weise ausgeliefert ist.

Astrid kannte ich auch aus diesem Unternehmen. Sie verwaltete das Materiallager und wusste darum nicht allzu viel von meiner subalternen Postion im Büro. Immer wenn ich ins Lager gehen musste, um meinen Tischherren das ein oder andere zu holen, konnte ich bei ihr den Eindruck eines Hauches von Wichtigkeit vortäuschen. Sie war keine besonders gut aussehende Frau. Vielmehr war es die Folge meiner permanenten Erfolglosigkeit beim verkrampften Flirten mit Frauen, dass ich mich bei ständig heruntergeschraubtem Anspruch schließlich in eine viertklassige Trümmerlotte wie Astrid verliebte - oder besser sie mir gefügig machte. Immer häufiger fand oder fingierte ich damals Anlässe, sie in ihrem Lagerbüro zu besuchen. Irgendwann brach schließlich das Eis und ein erster zaghafter Kuss nach dem ersten gemeinsamen Abendessen besiegelte schließlich den Beginn unserer Zweisamkeit. Aus gemeinsamen Unternehmungen und ebenso gemeinsam verbrachten Abenden und Nächten erwuchs schließlich der Entschluss, gemeinsam in eine Wohnung zu ziehen. Soweit ich mich erinnern kann, verlief unser Zusammenleben in den ersten Monaten durchaus harmonisch. Wir mochten uns sehr, hatten Freude aneinander und sogar regelmäßigen Sex, bei dem ich mein männliches Durchhaltevermögen nicht nur auf viele Minuten ausdehnen, sondern auch interessante Praktiken aus den Pornoheften ausprobieren konnte, die ich mir im Abonnement heimlich liefern ließ. Mit einem Male aber verlor ich schlagartig mein Interesse an Astrid - von einem Tag zum anderen. Erklären kann ich mir das aus heutiger Sicht nur damit, dass ich über den kleinen Umweg der heimlich konsumierten Pornografie auch das heimliche Saufen in mein Leben integrieren konnte. Nach und nach fand ich einen neuen Lebensinhalt, der nicht nur immer weiter Besitz von mir ergriff, sondern für den meine Partnerschaft zunehmend hinderlich wurde.

Eines Morgens wachte ich also auf und mir wurde mit einem Schlage bewusst, dass Astrid abgrundtief hässlich war, dass ich keinerlei Interesse mehr an ihr hatte und sie loswerden musste. Als Ausgleich dafür hatte meine Leidenschaft für das Trinken und Wichsen begonnen. War mein Bewusstsein erst einmal durch die nötigen Dosen Bier geschärft und erhaben, verbrachte ich nicht selten lange Abende alleine im Keller, in denen ich stundenlang masturbierte. Die Fotos der drallen Schönheiten aus den Pornos vor Augen, erkannte ich den wahren Grund für meine Partnerwahl, nämlich meine Resignation angesichts unzähliger Misserfolge bei Frauen. Wie niedrig, wie kriecherisch, wie memmenhaft, wie elend! Hinzu kam, dass ich durch Astrid zu oft am ungestörten Saufen gehindert wurde. Mit der Zeit wurden ihre Vorwürfe immer lauter, auch hatte sie mich zu oft beim Wichsen erwischt. Zu selten waren daraufhin die kostbaren Stunden geworden, in denen ich reuelos die leckeren Flaschen mit all ihren kostbaren Inhalten austrinken und mich voller Zufriedenheit und Hochgenuss ihrer magischen Wirkung hingeben konnte. Zu selten die berauschten Abende voller glückseliger Ekstase und grenzenloser Bewusstseinserweiterung, und zu häufig dagegen die besorgten, wütenden und vorwurfsvollen Blicke der hässlichen Partnerin, deren einfältigem Verstand sich mein heiliges Tun nicht einmal ansatzweise erschloss. Um die volle Entfaltung meiner neuen Persönlichkeit nicht zu gefährden, warf ich Astrid zwei Wochen nach unserer stillen Verlobung aus der Wohnung und begründete dies mit der lapidaren Feststellung, sie eklig zu finden. Was gewiss irgendwo auch stimmte, doch lange nicht der Hauptgrund war. Eher verhielt es sich so, dass sie mir einfach gleichgültig geworden war und mich ansonsten beim Trinken und Wichsen störte. Also musste sie zum Altglas.

Zu dieser Zeit spitzten sich die Ereignisse in meinem bis dahin ruhigen Leben zu, überschlugen sich gewissermaßen. Wie eine auf dem Fuße folgende Strafe befreite mich ein Mitarbeiter meines Betriebes, der als Zeichen seiner unendlichen Macht gleich drei Bildschirme auf dem Schreibtisch stehen hatte, von meiner beruflichen Tätigkeit. Was zunächst nicht einmal schlecht war, denn so gewann ich jede Menge Zeit, die ich sofort mit dem Genuss vieler leckeren

Flüssigkeiten auszufüllen begann. Endlich konnte ich mich vollkommen auf das konzentrieren, was mir mein Schicksal als meine ureigenste Bestimmung zugewiesen hatte - die schrittweise Begehung des heiligen Pfades der vollkommenen Erleuchtung. Bis weit in die Morgenstunden hinein war es mir nun endlich gestattet, zu saufen. Keine Termine, keine Verpflichtungen mehr zwangen mich zur Mäßigung. Nun war es mir möglich, meine heftigen Räusche bis weit in den Tag auszuschlafen, um mich danach erneut der heiligen Kommunion des Saufens hinzugeben. Fortan widmete ich mein neues mönchisches Leben den strengen und heiligen Exerzitien des gelobten Trinkens.

Das alles war verbunden mit heftigen sexuellen Fantasien, denen ich mich ebenso ungestört und unbegrenzt hingeben konnte. Hatte sich Astrid damals in vielen Dingen etwas sperrig gezeigt, konnte ich fortan alles mit mir selbst ausleben. Anfangs streifte ich durch die Straßen und gaffte junge Frauen und Mädchen an, in aller Heimlichkeit und Unauffälligkeit, versteht sich. Manchmal nahm ich mir fest vor, die ein oder andere anzusprechen. Doch dazu kam es nie, weil ich viel zu viel Angst davor hatte, aus der schützenden Anonymität heraus zu treten und mich verletzbar zu machen. In der Folge verlagerte sich meine Sexualität zunehmend in mein Inneres. Und so passierte es schonmal, dass ich Frauen über eine längere Zeit auf der Straße verfolgte. Unauffällig lief ich hinter ihnen her, während mein Kopfkino die härtesten Pornos produzierte und mein Schwanz knüppelhart in der Hose pochte. Ganze Nachmittage konnte ich so ausfüllen. Zuhause masturbierte ich dann lange und ungehemmt, während ich tief in den Erinnerungen an die gespeicherten Eindrücke versank, bevor sie wieder verblassten. Manchmal kamen auch gebrauchsfertige Fetische zum Einsatz, wie etwa Damenstrumpfhosen, Kondome oder Wachskerzen. Sie alle standen als lebensechte Symbole für den Sex, den ich mit den Frauen von der Straße hätte haben können. Doch so heftig und hemmungslos die Orgasmen auch waren - sie hatten jedes Mal diesen deprimierenden Hauch von Würdelosigkeit und Melancholie.

Während ich so auf dem Holzstapel sitze und nachdenke, beginne ich eine Art Lebensbilanz zu ziehen. Sicher ist, dass ich einiges gewonnen habe, dass ich zu den sehr wenigen Individuen in dieser geknechteten Arbeitsgesellschaft zähle, die über ein sehr großzügig bemessenes Maß an Freizeit und Freiheit verfügen, um alle geheimen Neigungen voll ausleben zu können. Auf der anderen Seite gehen meine sozialen Kontakte gegen Null. Regelmäßig treffe ich nur den Mann vom Arbeitsamt, der mein Leben alles andere als bereichert. Mein Regelsatz reicht meist nur knapp für die dringend benötigten Getränke, gegessen werden schon lange nur noch die Billigflips und -chips vom Discounter, dazu ab und an mal eine Fertigpizza. Freunde habe ich keine mehr, meine Familie hat sich schon seit Längerem angewidert von mir abgewendet, und die einzige Post, die ich von Zeit zu Zeit aus meinem Briefkasten klaube, sind dröge Prospekte, Rechnungen und Mahnungen. Sogar meine Nachbarn begegnen mir nur noch mit verächtlichen Blicken, selbst ihre Kinder machen einen weiten Bogen um mich. Gut, ich habe noch niemals das Treppenhaus geputzt oder den Keller gefegt. Dröge Spießerarbeiten, die ich gerne anderen überlasse. Doch was sie wirklich in Alarmstimmung versetzt, ist das Wissen um mein Anderssein. Sie wissen genau, was ich tief nachts in meiner Wohnung treibe, oder ahnen es zumindest. Und es ist schon einige Male vorgekommen, dass sie die Folgen meiner Exzesse wegputzen mussten. Wahrscheinlich haben sie sogar Angst, ich könne das Haus abbrennen, ihre Kinder vollspeien oder über Wochen tot in der Wohnung liegen und als verschimmelter Leichnam das Haus unbewohnbar machen. Recht haben sie, ich hätte auch solche Ängste vor mir. Manchmal kommt es mir vor, als ob mich diese Welt nur noch duldet - wie einen Toten auf Urlaub und mit Bewährung. Und dies vielleicht nur mit dem hoffenden Hintergedanken, dass mein Leben ohnehin in naher Zukunft ein Ende findet.

Dennoch, ganz weit hinten spüre ich ein vages Glücksgefühl. Trotz all dieser herben Erkenntnisse möchte ich mit keinem anderen Menschen auf dieser Erde tauschen, denn erst in der radikalen Abkehr von den verlogenen Tugendpfaden des bürgerlichen Lebens lässt sich eine Annäherung an den Zustand der Glückseligkeit erreichen. Vieles was ich täglich tue, denke und erlebe, dürfte den Durchschnittspersonen der bürgerlichen Arbeits- und Lebenswelten für immer verborgen bleiben. Es ist ein Stoff, zu dem sie niemals einen Zugang finden können. Denn welcher normale Biedermann kann es sich leisten, tief nachts im Wald auf einem Stapel Baumstämme zu sitzen, Bier zu trinken und über sein Leben zu kontemplieren? Und das, nachdem er kurz zuvor von diesem Stapel herunter geschissen hat. Niederschmetternd scheint die Bilanz meines Lebens also nur aus der verstopften Perspektive des braven Arbeitsvolks zu sein, das dumm genug ist, sich für den dekadenten Luxus einer hyperreichen Elite in Knechtschaft zu begeben. Ich dagegen habe vieles geleistet, das sich sich zwar von den genormten und diktierten Leistungsvorstellungen der Gesellschaft unterscheidet, mich aber trotzdem berechtigt, einen tiefen Stolz empfinden zu dürfen. Durchschnittlichkeit und Anpassung bedeuten immer die sukzessive Verleugnung des eigenen Wesens, der eigenen Interessen und Ideen zugunsten eines von der trägen Masse sowie ihrer Führer gesetzten Ideals. Jeder Weg, der eine Abkehr davon darstellt, kann zu Recht den Anspruch darauf erheben, nur wegen seiner gewagten Andersartigkeit geheiligt zu werden. Mein Weg war schon immer nicht der meiner Mitmenschen, und auch wenn ich ausgelacht und ausgestoßen worden bin, wenn man mir mit Hass, Verachtung und Abscheu entgegengetreten ist, war ich mir stets sicher, dass es nur der pure Neid und die Erkenntnis der eigenen Minderwertigkeit waren, die die andern dazu getrieben hat. Immer war ich derjenige gewesen, der durch sein Auffallen des Fremde repräsentiert hat. Eben jenes Fremde, das in den Menschen die Ambivalenz zwischen unstillbarer Neugierde und Bewunderung einerseits sowie Angst und Verachtung andererseits entstehen ließ. Es war mir ein Leichtes, genau dieses Fremde in mir zu kultivieren, da es meinen Lebensweg ungemein bereichern konnte und mich gleichzeitig von der drögen Menschenmasse um mich herum abgegrenzt hat. Das freilich mit der latenten Gefahr, mir selbst fremd zu werden oder immer weniger mit mir gemeinsam zu haben. Doch dagegen half stets ein wohlschmeckendes Mittel: Alkohol.

Mit diesen Gedanken zu meiner Lebensgeschichte beende ich meine außerplanmäßige Grübelei, trinke die letzte Dose Bier leer und trotte den Waldweg wieder dorthin zurück, von wo ich hergekommen bin. Die immense Menge an getrunkenem Alkohol beginnt sich langsam in leicht nachteiliger Weise auf meine grobmotorischen Fähigkeiten auszuwirken. Mein Gang ist taumelnd und unsicher, immer wieder trete ich in Pfützen oder knicke mit dem Fußgelenk um. Es fällt mir ziemlich schwer, die eingeschlagene Richtung beizubehalten, ständig komme ich vom Weg ab und stolpere. Kalter Schweiß steht auf meiner Stirn, mein einziger Wunsch ist der nach einem warmen Bett in einer sicheren Wohnung. Nach einer längeren Zeit des angestrengten Marschierens habe ich endlich wieder die Vorstadt erreicht. Mir ist ein wenig übel, mein geschundener Magen hat in der letzten Zeit so einiges einstecken müssen. Eine Holzbank für Rentner und fußlahmes Altvolk lädt mich zum Hinsetzen ein. Mein rastloser Blick streift über den nächtlichen Himmel, wo die Wolken eine Lücke freigegeben haben, aus der Sterne, Monde, Planeten und andere Sonderbarkeiten funkeln. Wie riesig doch das All ist, denkt es in mir. Wie unwichtig und klein sind im Vergleich dazu die menschlichen Probleme und Tragödien. Ich weiß, das ist ein dämlicher Alltagsgedanke, den so ziemlich jeder Mensch unzählige Male schon gedacht hat. Trotzdem ist da etwas dran, denn was ist die Handvoll Kilometer Fußweg zu meiner Wohnung im Vergleich zu den unvorstellbaren Entfernungen im Weltall. Ein einziger lächerlicher Asteroid könnte das gesamte menschliche Leben auf der Erde mit einem Schlage auslöschen. Schließlich fliegen Massen davon durch das All und kreuzen in einer Tour die Erdbahn. Wie oft wir wohl schon dicht an der Apokalypse vorbeigeflogen sind, wie oft es wohl nur die sprichwörtliche Haaresbreite war, um die das höher entwickelte Leben auf diesem Planeten nochmal gerade so davongekommen ist? Die Menschheit wäre in diesem Fall nicht einmal mehr Geschichte, weil es im Universum kein Subjekt mehr gäbe, das sich überhaupt für die menschliche Historie interessieren würde. Diese Gedanken beruhigen mich etwas, da sie der leisen Ahnung von der argen Schädlichkeit meiner Lebensgewohnheiten ein wenig die Schärfe nehmen. Und auch meinem Magen scheint es wieder ein wenig besser zu gehen. Immer stärker bin ich davon überzeugt, dass das große Nichts das lenkende Prinzip allen Existierenden ist, und all das, was irgendwie durch irgendwelche Prozesse entsteht, nur Produkte rein zufällig aufeinander treffender Zufälligkeiten sind, hinter denen sich alles andere als so etwas wie ein höherer Sinn verbirgt. Da es der prinzipiell einfältigen Natur des menschlichen Denkens widerspricht, irgendwelche Phänomene als sinnlos zu empfinden, wurde ihnen im Nachhinein ein Sinn zugesprochen. So entstand die Idee von der göttlichen Schöpfung oder ähnlichem Kokolores, bei dem alles Unbegreifliche - und das ist so gut wie alles um den einzelnen Menschen herum - durch das enge Raster unzureichender Verstandestätigkeit gepresst und die so vergewaltigten Realitäten mit einem schwülstigen religiösen oder esoterischen Pathos garniert wurden.

Mein Ärger über diese alltägliche Entstellung der Realität motiviert mich, die Holzbank zu verlassen und meinen Heimweg fortzusetzen. Noch immer sind meine Schritte unsicher und taumelnd. Anstatt geradeaus zu marschieren, beschreibt mein Gang wellenförmige Kurven, was die zurückzulegende Strecke in einer unnötigen Weise verlängert. Dabei pralle ich gegen geparkte Autos, Verkehrsschilder und Bäume. Der Heimweg ist ein einziger Graus. Einzig meiner riesigen Willenskraft verdanke ich es, noch vor dem endgültigen Einsetzen von heftiger Verzweiflung und Morgendämmerung meine rettende Wohnung zu erreichen. Fahrig nestele ich den Schlüsselbund aus der Hosentasche und versuche, damit die Haustür aufzuschließen. Einige stochernde Versuche braucht es, dann bin ich im Treppenhaus. Mit allergrößter Vorsicht und auf Zehenspitzen schleiche ich mich mucksmäuschenleise hinauf in den dritten Stock. Bloß keinen Lärm machen, nur nicht auffallen und die Nachbarn alarmieren! Durch deren Türen dringen hie und da schon gedämpfte Geräusche hindurch. Sie deuten darauf hin, dass all diese braven und fleißigen Menschen bereits aufgestanden sind und sich auf den alltäglichen Gang zur Arbeitsstelle vorbereiten. Ein dampfend-warmer Duschstrahl, das Röcheln der Kaffeemaschine, das nervtötende Dauergesabbel der aufdringlich gut gelaunten Moderatoren im Radio - alles Morgengeräusche, die mir schon immer verhasst waren. Denn sie stehen für den immer währenden Zwang, das warme Bett und die schützende Wohnung verlassen zu müssen, um irgendwo in der Fremde den ganzen Tag lang etwas anders tun zu müssen, das man ohne diesen Zwang niemals im Leben tun würde. Eine Gesellschaft, die ihre Mitglieder derartigen Zwängen aussetzt, kann nichts anderes als abgrundtief böse sein.

Diese und viele andere unangenehme Gedanken begleiten mein ängstliches Hinaufschleichen über die Treppen. Plötzlich macht sich wie aus dem Nichts ein Alarmsignal meines Körpers bemerkbar. Während ich durch Angst, Vorsicht und mein Gedankenkarussell abgelenkt war, hat sich in meinem Magen etwas Übles zusammenbraut. Immer heftiger beginnt es dort zu rumoren, die Muskeln in diesem Bereich beginnen schonmal, sich probeweise zu kontrahieren, dazu rinnt mir noch die Spucke aus dem Mund. Keine Frage, da ist etwas Schreckliches im Busch, es besteht akuteste Kotzgefahr. Mein Schritt wird schneller, ich darf meinen Mageninhalt unter keinen Umständen hier im Treppenhaus entlassen. Der Atem wird schwerer, kalter Schweiß steht auf der Stirn. Mit allerletzter Not erreiche ich die Wohnungstür und versuche hektisch, den Schlüssel ins Schloss zu fummeln. In meiner Not werde ich immer fahriger. Ich schaffe es einfach nicht, den Schlüssel ins Schloss zu stecken, immer wieder verfehle ich den Schlüsselkanal, weil ich nur noch verschwommen sehen kann und sich alles um mich herum dreht. Mit einem Male bin ich zur leichten Beute für die gesammelten destruktiven Gewalten meines hinterlistigen Körpers geworden. Das wütende Gekröse rächt sich genüsslich für seine ständige Misshandlung. Ich habe keine Chance, kann nichts anderes mehr tun, als mich dem Unvermeidlichen hinzugeben. Mein Magen krampft sich zusammen und ich torkele ans Treppengeländer. Bloß weg von meiner Wohnung, schießt es mir in den Kopf, dann kann man mir die Sauerei vielleicht nicht so leicht zuordnen. Es gilt, Spuren zu verwischen, damit kein Verdacht aufkommen kann. Jeder könnte es gewesen sein, vielleicht sogar ein eingedrungener Penner oder gar ungezogene Kinder, warum also ausgerechnet ich? Meine Hände graben sich in den Handlauf, während ich einen ersten Schwall ins Treppenhaus kotze. Unnatürlich, beängstigend, gleichzeitig aber auch irgendwie erleichternd ist dieser sich schier endlos hinziehende Brechkrampf. Erschöpft und gepeinigt hänge ich mit dem Oberkörper über dem Geländer und schaue den Tröpfchen und Bröckchen nach. Wie ich es doch hasse, die Kontrolle über meinen Körper zu verlieren. Doch trotz meiner Schmerzen wundere ich mich, dass alles beinahe lautlos vonstatten gegangen ist. Nur ein leichtes Plätschern war zu hören, zum Glück kein lautes Gewürge oder Gekreische.

Weil ich kaum etwas gegessen habe, habe ich nur Flüssiges erbrochen. Und dieses befindet sich jetzt überwiegend auf dem Boden des Erdgeschosses. Auch einige Handläufe sind besprenkelt. Besorgt hänge ich über dem Geländer und blicke nach unten, aber es öffnet sich keine der Wohnungstüren der Nachbarn. Wider Erwarten stellt sich keine Linderung ein, und mein Magen verkrampft sich aufs Neue, um die letzten Reste seines Inhalts in die Welt hinaus zu pressen. Viel ist nicht mehr drin, doch ohne jedes bisschen Gnade steigt auch der letzte Rest Brühe durch meine Speiseröhre zum Mund hinauf und entweicht rülpsend ins stille Treppenhaus. Es folgen schallende Würgegeräusche und heftiges Spucken. Es gab doch noch ein paar Essenreste, die mir auf der Zunge und den Lippen kleben. Wie widerlich es doch ist, dieses zerkaute und vorverdaute Zeug aus meinem Magen. Es muss dringend weggespuckt werden, damit ich nicht noch ein drittes Mal kotzen muss. Der Würgereiz ist jedenfalls noch da, also rotze ich die Brocken auch nach unten. Endlich scheine ich diesen furchtbaren Anschlag meines Körpers auf mich hinter mir zu haben. Meine Aufmerksamkeit richtet sich weiter auf das Geschehen im Treppenhaus. Gespannt lausche ich, ob sich irgend etwas hinter den Türen mit den Morgengeräuschen tut. Doch ich habe unfassbares Glück. Nichts passiert; kein erboster Nachbar öffnet die Tür und schreit oder schlägt mich zusammen. In doppelter Hinsicht erleichtert, gelingt es mir endlich, leise den Schlüssel ins Schloss zu bugsieren, die Wohnungstür aufzuschließen und mich in Sicherheit zu bringen. Geschwind entledige ich mich meiner verdreckten Kleidung, spüle mir kurz den Mund aus und lege mich ermattet ins Bett.

Während ich so daliege und an die Decke starre, kreisen noch einige einsame Gedanken durch meine Hirnwindungen. Ich kann nicht sofort einschlafen und lasse den erlebten Tag noch einmal Revue passieren. Ein wenig stolz kann ich schon sein, ich habe gesoffen wie ein Meister und sogar ins Treppenhaus gekotzt, ohne dabei ertappt worden zu sein. Wie geschickt! Wie gut ich doch bin! Was ich doch alles kann! Was für eine Leistung - das muss man mir erst einmal nachmachen. Ganz schwach, dunkel und entfernt, kaum wahrnehmbar und sublim dringen aufgeregte Stimmen an meine Ohren. Vielleicht haben einige meiner Nachbarn die spontane Verschönerung des Treppenhauses jetzt mitbekommen und unterhalten sich darüber, was zu tun ist, wer es wohl gewesen sein mochte und wie man den Übeltäter bestrafen wolle. Da mich der Schlaf nun doch mit sanfter Gewalt übermannt, beunruhigt mich das nicht besonders. Sollen sie doch kommen, die hirnrissigen Spießer.

Sollen sie doch klopfen, mich anbrüllen oder was auch immer sie sonst noch so machen wollen. Nachweisen können sie mir sowieso nichts, diese Deppen! Ich stelle mir vor, wie ich nur mit einer braungelben Unterhose bekleidet im Treppenhaus erscheine und dem verblödeten Spießermob auf die Filzpantoffeln scheiße. Danach falle ich in einen tiefen und erholsamen Schlaf.

Jeder Morgen ist ein Anfang

Langsam öffnen sich meine verklebten Augen. Benommen nehme ich die Lichtstrahlen des neuen Tages wahr, die durch die trüben Scheiben des Fensters stolpern. Sie schmerzen höllisch in den Pupillen, durch meinen Mund kriecht ein fauliger Geschmack nach all dem ekligen Zeug, das ich letzte Nacht aus ihm herausgespien habe. Halbvergoren stecken noch ranzige Reste zwischen den Zähnen und kleben hinten am Gaumen fest. Zum Zähneputzen hat es gestern nicht mehr gereicht, erinnere ich mich, zu sehr hat mich mein Rausch von der Verrichtung solch profaner Tätigkeiten abgehalten. Mit meiner pelzigen Zunge spiele ich an den Kotzresten herum, während zwischen Laken und Bettdecke ein moderiger Geruch ins Freie steigt. Keine Zeit zur Regeneration. Ich muss mich entleeren. Dringend! Blase und Mastdarm haben hart gearbeitet, wollen ihre prächtigen Werke in der Außenwelt präsentieren. Und das bringt mir mit niederschmetternder Deutlichkeit zu Bewusstsein, dass die Stunden des friedlichen Schlummers unwiederbringlich vorbei sind. Es ist unerträglich, wie die süße Bewusstlosigkeit des Schlafs unrettbar dahinschwindet, während sich die Wachheit ohne jede Gnade und mit maximaler Übergriffigkeit ausbreitet. Kein Zweifel, ich stehe mal wieder am Beginn eines neuen deprimierenden Tages.

Kraftlos und unentschlossen räkele ich mich im Bett. Unter der Bettdecke tastet sich meine Linke langsam an meinen Penis voran, spielt ein wenig daran herum und erfühlt eine leichte Feuchtigkeit. Natürlich, ich habe mal wieder ins Bett gemacht. Schnell ziehe ich meine Hand zurück, der ranzige Geruch an den Fingern bestätigt die Befürchtung. Langsam, ganz langsam richte ich mich auf und erhebe meinen Kopf. Ich spüre einen dumpfen Schmerz in den Tiefen meines Schädels und blicke gleichgültig auf die Zeiger der Zimmeruhr. Schon fast Nachmittag. Egal, was soll's. Ein ungutes Gefühl mischt sich unter das richtungslose Gemisch verirrter Gedanken, während sich die Erinnerung an die Ereignisse von gestern Stück für Stück aus dem Dunkel der alkoholbedingten Verdrängung schälen.

In einem minutenlangen Prozess, etwa so, wie ein Vorhang, der in Zeitlupe hochgezogen wird, lichtet sich meine Umnachtung. Doch meine Umnachtung ist nur eine flüchtige Nebenfolge des stark erweiterten Bewusstseinszustands, den ich letzte Nacht erleben durfte. Nun hellt sie sich in einem minutenlangen Prozess der Selbstklärung auf und gibt Stück für Stück all die verschütteten Erlebnisse preis, die sich aus der Perspektive des neuen Tages nun in einer ganz neuen, schon fast ungewohnt beklemmenden Weise darstellen.

Greisenhaft langsam gelingt es mir, mich aus der Liegeposition zu erheben und auf die Bettkante zu setzen. Ein markanter Pissgeruch direkt aus der Unterhose umsäuselt meine Nase und ermutigt mich zur Begutachtung des Schadens. Das halbe Bettzeug habe ich beim Schlafen wieder vollgepisst, nun wird es wohl mal Zeit für einen frischen Bezug. Egal, jetzt muss ich mich aus dem Bett wuchten und dringend die Toilette aufzusuchen. Unsicher schleiche ich mit zittrigen Schritten durch meine düstere Wohnung ins kalte Abort und lasse mich mit herabgezogener Unterhose auf der Klobrille nieder. Mein Kopf schmerzt, also beuge ich ihn weit nach unten. Dabei fällt mein Blick auf die braungelbe Färbung der Unterhose. So auf dem Thron der Ausscheidungen hockend, lasse ich alles herauslaufen und -fallen, was sein Bedürfnis nach Befreiung aus dem Körper einfordert. Ein nicht enden wollender Strom von Morgenurin tropft aus meinen Schwanz, während zur gleichen Zeit dünnflüssiger Durchfall aus dem After spritzt und in Windeseile einen bemerkenswerten Geruch in der engen Klozelle verbreitet. Überhaupt frage ich mich, wo die vielen Exkremente überhaupt herkommen. Mein Körper scheint sie unablässig und ohne nennenswerten Nachschub von außen wie aus dem Nichts zu produzieren, ein *perpetuum mauris*. Nach meiner fast viertelstündigen Exkrementation benötige ich fast eine ganze Rolle Klopapier zum Putzen der großflächig verschmierten Arschbacken. Und auch die Hände kriegen dabei ihre großzügig bemessene Portion Schmierkacke ab. Es ist jedesmal das gleiche Spielchen mit dem Abputzen, vielleicht sollte ich es in Zukunft einfach lassen. Bringt ja eh nichts.

Weil ich stinke beschließe ich, zur Abwechslung mal wieder ein Duschbad zu nehmen. Geschwind und wegen dieses eher seltenen Ereignisses freudig erregt, steige ich in die Duschkabine, wo ich meine Haut mit angenehm heißem Wasser abbrause. Durch meine jetzt aufrechte Körperhaltung finden noch weitere Kackreste aus dem Mastdarm ihren Weg zum Ausgang. Ich scheiße in kindlicher Freude stehend vor mich hin, lasse den Durchfall einfach an den Beinen herunterlaufen und beobachte, wie sich das Braun des frischen Stuhls mit dem Duschwasser vermischt, ehe beides im Abfluss verschwindet. Einige größere Bröckchen muss ich allerdings noch mit dem Finger durch den Abfluss drücken. Es ist beängstigend, welche Mengen ich scheißen kann, obwohl ich gestern doch kaum etwas gegessen habe. Ob sich mein Körper vielleicht selbst verdaut? Ab und zu hebe ich mein linkes Bein und presse spritzende Furze heraus, wobei die vorteilhafte Akustik des gekachelten Badezimmers dem sonoren Getröte eine besondere Schönheit verleiht.

Wie schön so ein einfaches Duschbad doch sein kann! Wie herrlich. Doch nur allzu schnell macht sich der Brand bemerkbar. Ich stürze einen kompletten Liter Milch hinunter, ziehe frische Klamotten an und überlege, was ich zum Frühstück essen soll. Viel ist nicht da, doch mein Hunger hält sich noch in Grenzen. Die Wahl fällt auf eine Tüte Erdnussflips, die ich ganz tief unten im Küchenschrank ausmachen kann. Hastig verschlinge ich die fettigen Maiswürmer, stopfe sie förmlich in mich hinein. Essen kann Strafe und Läuterung sein. Dabei lichten sich auch die allerletzten erinnerungseintrübenden Schleier, die mein neues Tagesbewusstsein vor den Erinnerungen an die Ereignisse von gestern Abend noch geschützt haben. Es ist der lang anhaltende Nachgeschmack des ranzigen Fettzeugs, der meine Aufmerksamkeit zielsicher auf den säuerlichen Nachgeschmack meines Erbrochenen lenkt, den ich seit dem Brechanfall im Treppenhaus im Mund verspüre. Mit einem Mal fällt mir dieser besondere Abschnitt meines gestrigen Tuns wieder ein, und zwar in allen kleinsten Einzelheiten. Gnadenlose Erinnerungsfetzen drängen sich mit brutaler Deutlichkeit immer weiter in das so sanfte wie sichere Dunkel eher unbestimmter Ahnungen und führen mir mit einem Schlage eine Realität vor Augen, die mich im Angesicht dieses neuen Tages zunächst einmal in nur Angst versetzt.

Fast das ganze Treppenhaus habe ich vollgekotzt. Erbrochenes war in hohem Bogen durch die Luft gespritzt und zwischen den Treppenaufgängen bis hinunter vor die Haustüre gefallen - immerhin vom zweiten Stockwerk aus. Bröckchen meiner letzten Mahlzeit lagen in der versprenkelten bräunlichen Bierbrühe auf den Handläufen, ganz unten im Erdgeschoss, daran erinnere ich mich jetzt sehr genau, befand sich eine größere Lache aus flüssigen und festen Bestandteilen. Im ganzen Treppenhaus hat es übel gestunken, während ich mich mit letzter Kraft in meine Wohnung geschleppt habe. Mein Würgen, Husten und Poltern musste wohl einige Nachbarn aufgeschreckt haben, auch kam es wohl zu einer kurzen Versammlung einiger aufgebrachter Leute zu frühmorgendlicher Stunde. Ich habe es zu weit getrieben, habe fast jede Kontrolle verloren, war unvorsichtig geworden. Das darf nicht mehr wieder vorkommen, denke ich mir, sonst ist es schnell vorbei mit der Ruhe und dem Frieden in meiner Wohnung. Und beides brauche ich für meine Ausflüge in die höheren geistigen Sphären. Dieser Vorfall wird mit Sicherheit Folgen haben. Vielleicht muss ich vor der Nachbarsmeute zu Kreuze kriechen und in tiefer Demut um Vergebung winseln.

So wie es einen Täter zuweilen magisch an den Tatort zieht, steigt auch in mir das Verlangen auf, mein nächtliches Werk bei Tageslicht zu begutachten. Ängstlich schleiche ich langsam zur Wohnungstür. Je mehr ich mich dabei dem Ort des Geschehens nähere, desto mulmiger fühle ich mich. An der Tür halte ich inne, öffne sie einen Spalt und lausche hinaus ins Treppenhaus. Ich muss sichergehen, dass sich keiner meiner Nachbarn dort aufhält. Nachdem ich eine Weile gelauscht habe, öffne ich langsam die Tür weiter. Behutsam ziehe ich sie auf, Zentimeter für Zentimeter verschiebe ich diese dünne Barriere zur feindlichen Aussenwelt. Mein Blick fällt in ein leeres Treppenhaus und schweift angestrengt umher. Ganz vorsichtig, alle Sinne sind geschärft. Konzentriert fokussiere ich Treppengeländer und Handläufe. Auf Zehenspitzen tappe ich ganz hinaus und schaue hinunter. Es ist nichts zu sehen! Alles weg. Dort wo gestern noch meine Kotze war, sehe ich reinen Glanz. Irgendjemand hat wohl alles sauber geputzt, all mein Erbrochenes weggemacht. Nur ein paar winzige Spritzer sind der fleißigen Reinigungskraft offensichtlich entgangen und beweisen als angetrocknete Anklagen, dass mein Kotzanfall kein Traum, sondern harte Realität war.

Mit unguten Gefühlen im Bauch kehre ich in die Wohnung zurück und überlege, was ich mit diesem neuen Tag denn anstellen könnte. Immer noch quält mich ein dumpfer Kopfschmerz, auch im Unterleib rumort es unablässig. Ständig bilden sich stinkende Feuchtfurze und bahnen sich ihren Weg hinaus ins Freie, wobei sie einen magischen Geruch in der abgestandenen Luft der Wohnung verbreiten. Ich beschließe, heute mal auf den Genuss alkoholischer Getränke zu verzichten. Irgendwie muss ich mal eine Pause einlegen, wieder zu mir kommen und meine Gesundheit pflegen. Schon länger fühle ich mich schlapp, unmotiviert und träge - jedenfalls tagsüber. Ein paar Tage Abstinenz dürften mir bestimmt gut tun, ganz sicher. Mal wieder zu Kräften kommen, den erschlafften Körper auf Vordermann bringen. Danach kann ich ja wieder versuchen, natürlich nur in aller Mäßigkeit, in die glanzvollen Sphären des alkoholisch erweiterten Bewusstseins hervorzudringen.

Fast schon euphorisch lasse ich mich in meinen alten Sessel fallen. Ein neues Leben soll beginnen, ich kann auch anders. Vielleicht finde ich ja wieder Freunde, werde ein beliebter Zeitgenosse, Kollege und Wohnungsnachbar. Dann wird es nicht mehr lange dauern, bis ich mein neues, sauberes und gesundes Leben mit einer Frau teilen kann. Ich stelle mir vor, wie wir gemeinsam spannende Bücher lesen, im Park joggen und zusammen kochen. Wie wir ins Kino, Theater und Museum gehen und danach angeregte Diskussionen führen. So muss es sein - und es ist eigentlich auch ganz einfach. Ich muss bloß weniger oder gar keinen Alkohol trinken und mehr Sport treiben, dann stellt sich das alles von ganz alleine ein. Und wenn ich ehrlich zu mir bin, weiß ich ganz genau, dass mein aktueller Lebensstil schnurstracks in die Katastrophe führt.

Schöne Gedanken, doch nach einer halben Stunde wird mir langweilig. Ein neues Leben will mit neuen Tätigkeiten ausgefüllt werden, und gerade diese fehlen mir noch. Ich vertreibe mir die Zeit mit intensiver Nasenpopelei. Doch schon bald ist nichts mehr aus dem Tagebau zu holen. Ich kraule mir am Sack und nestele an meiner Vorhaut herum. Schnell fühle ich mich in einer seltsam beunruhigenden Weise nutzlos und unausgefüllt, während auch dieser Tag immer weiter voranschreitet. Langsam beginnt die Ödnis des vorangeschrittenen Nachmittags an meinen Nerven zu zerren. Trübsinnig schaue ich zum Fenster, wo die Strahlen einer schmutzigen Herbstsonne immer schwächer werden. Deprimierend kalt leuchten sie in mein Zimmer. Schon fast eine Stunde lang sitze ich so da und sinniere vor mich hin. Ein Tag, von dem nicht mehr viel zu erwarten ist, außer dass er endlich vorbeigeht. Doch was soll bloß morgen werden? Wird es morgen vielleicht besser sein? Wohl eher nicht. Und übermorgen? Und all die weiteren Tage? Im Grunde ist es endlich Zeit zu sterben, denn was soll mit dem Rest meines hängen gebliebenen Lebens denn noch Großartiges passieren? Sehr wahrscheinlich ist, dass ich noch viele weitere Tage, Monate, Jahre in mir selbst gefangen herumsitze und auf das Ende warte. Dann kann es doch auch gleich so weit sein, grübele ich. Wozu all diese quälende Zeitverschwendung?

Wenn ich ein neues Leben anfangen möchte, dann sollte es zügig geschehen. Aber diese Veränderung wird mich viel Mühe kosten. Anstelle köstlichen Wein oder Bier zu goutieren, sehe ich mich keuchend durch die Straßen joggen und hinterher völlig entkräftet Säfte nippen. Irgendwie fühlt sich dieser Gedanke falsch an. Ich schaffe es ja nicht mal, aus meinem Sessel aufzustehen, um mir ein Glas Wasser zu holen. Meine Wäsche ist ungewaschen, seit Tagen trage ich so ziemlich die selben Klamotten. Ich bereite mir kein

Essen zu, sondern schaufele nur Chips in mich hinein. An guten Tagen löffele ich vielleicht mal Bohnen aus der Dose. Aber wie soll das alles auch gehen, wenn Antrieb und Energie erst nach großen Mengen an Bier und Wein aufkommen? Und genau darauf soll ich verzichten? Wohl kaum.

Je tiefer ich mich hineinhorche, desto mehr lichten sich die Zweifel: Es fehlt mir ganz eindeutig an Unterhaltung. Genau deshalb fühle mich von mir selbst angeödet. Ich habe einen schlechten Tag und will mich nicht von meinen trüben Gedanken fertig machen lassen. Stillstand und Langeweile gibt's nach dem Tod noch genug, aber jetzt bin ich am Leben. Vielleicht gelangweilt und deprimiert, aber lebendig! Ich spüre, wie mich ein Anflug positiver Motivation überkommt. Schnell erkenne ich als Ursache meiner öden Stimmung die übereilte Idee, mein Leben ändern zu wollen. Ein zweifelhafter Entschluss, denn wäre es ein guter, würde ich es unter Garantie intuitiv fühlen. Mit wachsendem Gefallen bemerke ich, wie tief in meinem Inneren eine Gegenregung heranreift, diesem Anflug an verirrter Tugendhaftigkeit den Rücken zuzukehren und die so träge dahinrinnende Zeit mit ein paar Flaschen Bier sinnvoll auszufüllen. Mein Leben ändern kann ich schließlich auch ein andermal, warum ausgerechnet heute? Nach einer weiteren Stunde intensiven Grübelns entscheide ich mich schließlich für das Trinken! Ich beglückwünsche mich zu meinem Entschluss und spüre das Gefühl leiser Freude: Freude auf einen weiteren Abend voller

Spaß, Unterhaltung und Kurzweil. Freude auf einen Abend, an dem ich ein erweitertes Bewusstsein erreichen und geniessen werde! Was für eine Freude, doch wieder etwas sehr Schönes mit meiner vielen Zeit anfangen zu können. Und schließlich auch darauf, einen spaßigen Abend ohne diese deprimierende Grübelei verleben zu dürfen. Denn das Leben kann wirklich sehr schön und ausgefüllt sein. Und wie wundervoll ist die von der Natur nur dem Menschen als Krone der Schöpfung verliehene Gabe, sein Dasein mittels wohlschmeckender Getränke unterhaltsam und sinnvoll gestalten zu können.

Denn völlig anders, als es die staatliche und bürgerliche Propaganda den Menschen weismachen will, ist im Alkohol nichts Negatives zu erkennen. Im Gegenteil: Alkohol erhöht Aufmerksamkeit und Reaktionsfähigkeit, taktische Aufhaben sind viel leichter zu lösen und die soziale Urteilsfähigkeit steigt fast ins Unermessliche. Erst mit stark zunehmendem Alkoholpegel beginnt sich das von internalisierten gesellschaftlichen Normen unbewusst eingeengte Alltagsbewusstsein enorm zu erweitern. Stimmungen, Farben, Musik, und soziale Situationen werden intensiver wahrgenommen, künstlerisches Potenzial wird enorm gesteigert und paranormale Fähigkeiten geschärft. Es ist ein psychologisches Paradigma, dass nicht ausgelebte und gehemmte Handlungsimpulse zu schweren psychopathologischen Störungen führen, so dass ausreichender Alkoholkonsum einen wertvollen Beitrag zur seelischen und sozialen Gesundheit darstellt. Schließlich führt er dazu, die eigenen Regungen und Impulse treffsicher zu erkennen und kompromisslos auszuleben. Und nicht zuletzt sinkt die Wahrscheinlichkeit von Infektionskrankheiten durch regelmäßigen Alkoholkonsum, wie schon der kluge Volksmund weiß: *Schnaps und Bier - desinfizier*! Außerdem kann es einfach kein Zufall sein, dass eine Substanz, die regelmäßig bei den in der Natur allgegenwärtigen Gärvorgängen entsteht, derart geschmeidig die Blut-Hirn-Schranke durchbrechen und ein solches Wohlgefühl auslösen kann. Kein Zweifel, der menschliche Körper muss sich im Laufe der Evolution physiologisch auf den Alkohol eigestellt haben.

Abgewiesen

Mit der Aufzählung dieser Reihe an gültigen Pro-Trink-Argumenten habe ich mich nun endgültig für die feuchtfröhliche Variante meines abendlichen Zeitvertreibs entschieden. Unverzüglich ziehe ich meine gepflegte Abendkleidung an, nehme Geldbörse und Plastiktüte an mich und schreite fröhlich aus der Wohnungstür. Natürlich erst, nachdem ich mich sorgfältig von der Abwesenheit etwaiger Nachbarn im Treppenhaus überzeugt habe. Schnell entferne ich mich von meinem Wohnblock und beschließe aus einer Laune heraus, mein Bier diesmal in dem kleinen Kiosk hinten in der Wohnsiedlung zu kaufen - jener

Kiosk, an dem ich in der Vergangenheit schon öfter diese attraktive Blondine hinter dem Verkaufstresen gesehen haben. Den Supermarkt werde ich in nächster Zeit besser nicht mehr betreten. Überaus guter Dinge gehe ich durch die Straßen und erreiche nach wenigen Minuten das kleine Häuschen aus Beton, auf dessen Dach sich das einladende, in dicken Lettern geschriebene Wort „Trinkhalle" befindet. Wie treffend, denke ich, da muss ich einfach einkaufen.

Schon oft war ich zufällig an dieser kleinen Bude vorbeigelaufen, habe aber nie etwas gekauft. Schuld daran war wohl die unsympathische Verkäuferin mit der faltigen Omafresse. Und auch die dickbäuchigen und verlebt aussehenden Männer mit ihren mit Rotze verklebten Schnauzbärten, die sich dort von Zeit zu Zeit trafen, um gemeinsam Schnaps zu trinken, haben mich oft vom Einkauf in der Trinkhalle abgehalten. Heute ist keiner von ihnen da. Und auch hinter dem Verkaufstresen sehe ich das erhoffte Gesicht. Aus sicherer Entfernung sehe ich wieder diese geile junge Frau mit den halblangen blonden Haaren. Ich bleibe stehen und beobachte sie. Wie hübsch sie doch ist, eine perfekte Schönheit für all meine Fantasien und ausgiebigen Wichsabende. Mein Herz schlägt heftiger. Es nicht nur diese schöne Überraschung, die mich so ergreift, sondern der Automatismus, mit dem die Blonde sofort als dauerhafte Masturbationsfantasie abgespeichert wird. Das wäre im Grunde kein Problem, müsste ich jetzt nicht mit ihr ins Gespräch kommen, also aus der schützenden Anonymität und

Heimlichkeit auftauchen und mich ihr als erkennbare Person stellen. Hier steht sie nun leibhaftig vor mir als reales Objekt meiner intensivsten Sexgedanken, als Gegenstand tabuloser Wichsabende. Auch wenn es aussichtslos ist, male ich mir aus, wie toll es wäre, wenn ich sie zu einem sexuellen Stelldichein bewegen könnte. Oder wenigstens, Arm in Arm mit ihr durch die Straßen zu schlendern und von allen Leuten nur wegen ihr bewundert zu werden.

Abends dann, nach zwei Flaschen gediegenen Rotweines, würde ich sie nach allen Regeln der Kunst stechen. Ich würde ihr mein Rohr zwischen die lusttriefenden Schenkel treiben und sie so lange penetrieren, bis ich laut brüllend ejakuliere. Wir würden die schamlosesten Sexspiele veranstalten, bis sie - heiser von ihrem pausenlosen Gestöhne - um Gnade winselt. Wir würden in den schleimigen Exkrementen unserer höchsten Lust baden, uns mit allen erdenklichen Säften, Schleimen und Sekreten vollschmieren und schließlich im Taumel sexueller Ekstase versinken. In alle Körperöffnungen würde ich meinen Schwengel stecken, in ihren Mund, in ihren Hintern, in ihre Achselhöhlen, in ihre Scheide und alle anderen Gegenden, die geeignet sind, mit meinem Ejakulat, meinem Samen, geweiht zu werden. Wir würden uns stundenlang lieben, bis sich das Blut aus meiner wundgefickten Eichel mit dem Blut aus ihren aufgeriebenen Schamlippen vereinigt und uns die heilige Weihe dieser genitalen Blutsbande für immer sexuell aneinander schweißt - die höchste Form der Hingabe, die sich Menschen vorstellen können.

Diese und andere Gedanken schießen mir in den Kopf, während ich meine Deckung verlasse und zögerlich auf die Trinkhalle zugehe. Vielleicht kann ich sie ja doch von meinen Qualitäten überzeugen, denn unmöglich ist auf dieser Welt schließlich kaum etwas. Das Wichtigste ist, dass ich aus der grauen Masse der anderen Männer heraussteche und damit ihr Interesse wecke. Ein direktes Überrumpeln wäre nicht das richtige Vorgehen. Vielmehr muss ich ihr die Zeit geben zu erkennen, dass ich der Richtige für sie bin. Sie wird es von alleine merken, sie wird feststellen, dass ich ganz anders bin, als all diese ranzigen Säufer, die ihr widerlich stinkende Alkoholfahnen über den Verkaufstresen in die Nase blasen. Es ist unvorstellbar, dass sie irgendeinen dieser von Midlifecrisis, Zerfall und Depressionen geplagten Kneipenheinis mit Frühvergreisung, diese degenerierten Lustmolche, auch nur annähernd attraktiv finden könnte.

Hochaufgerichtet und mit festem Schritt nähere ich mich dem Kiosk. Ich ziehe die Schultern nach hinten und den Bierbauch ein, ich muss einen guten Eindruck machen. Im vollen Bewusstsein meiner kernig-herben Männlichkeit erreiche ich mein Ziel, lehne mich lässig gegen den Tresen und warte, bis die Blonde mich wahrnimmt. Nach einer kurzen Weile fällt ihr Blick auf mich. Wie unerreichbar schön doch ihre Augen sind, wie sinnlich ihre fleischigen Lippen.

Aus der Nähe ist sie noch viel attraktiver, als aus der Entfernung. Wir schauen uns tief in die Augen, und ich versuche, alles, was ich sagen möchte, jedoch noch nicht formulieren darf, mit diesem einen innigen Blick zu übertragen. Ihr himmlischer Mund formt sich zu einer für meinen Penis wie geschaffenen Öffnung und spricht „Was darf's sein?" Der Klang dieser beinahe gesungenen Worte verschlägt mir für den Moment die Sprache. Mit der gesammelten Energie meiner Willenskraft antworte ich ihr in dem sonoren Tonfall geballter Männlichkeit: „Ich hätte bitte gerne sechs Flaschen Pils! Nein, mach' besser acht, es kommt Besuch." „Jaja", blafft sie mich mit einem fast schon spöttischen Unterton an. Mir fährt es kalt den Rücken hinab, ich fühle mich ertappt. Aus einem für mich unsichtbaren Regal entnimmt sie die Flaschen und stellt sie auf den Tresen. „Sechzehn Euro", spricht sie gleichgültig nur halb in meine Richtung. Was für ein unverschämter Wahnsinnspreis. Ich zahle trotzdem und frage nach einer Tragetasche. Denn so schnell möchte ich unsere erste Begegnung nun doch nicht beenden. „Ist auch nicht der beste Job hier. Da haben sie doch immer so spät Feierabend", höre ich mich sprechen. Mit einem gelangweilten „Hmhm" gibt sie mir zu verstehen, diese Konversation nicht mehr fortsetzen zu wollen. Das braucht sie auch nicht, schließlich sind wir uns noch unbekannt. Und auch sie darf auch einmal einen schlechten Tag haben. Während ich die Flaschen in den Plastikbeutel stecke weiß ich, dass ich ihr Zeit lassen muss, mich besser kennenzulernen. Ich werfe ihr zum Abschied einen letzten gefühlsbeladenen Blick zu, doch sie hat sich längst von mir abgewendet und sortiert irgendwo irgendwelchen Kram. Kann es sein, dass ich für sie nichts weiter bin, als ein stinknormaler Kunde? Jemand, dem man bloß die minimal nötige Menge an Aufmerksamkeit angedeihen lassen muss, und der anschließend für immer vergessen werden darf? Eine Konversation, die lediglich dem Zweck dient, den rein technischen Vorgang des Verkaufens zu gestalten, und in der kein Platz für zwischenmenschliche Gefühle ist. Schlimmer noch, ein Gespräch, in dem selbst die geringsten Schwingungen einer möglichen Zuneigung gewaltig stören und mit verletzender Geringschätzung sanktioniert werden. Mir kommt es vor, als breite sich diese abartige Form der entleerten Kommunikation als Zeichen des Niedergangs der zivilisierten Welt immer rasanter aus.

Mittlerweile hat die Abendsonne begonnen, ihr rötliches Licht über die tristen Wohnblocks der Vorstadt zu streuen. Ihr Licht spiegelt sich in unzähligen Fensterscheiben und hüllt die Straße in eine unwirkliche Atmosphäre. Meine Stimmung wird zunehmend schlechter, aber zum Glück trage ich acht Flaschen Bier in meinem Beutel, der mit der Zeit gewaltig an meinem Arm zieht. Ich muss unbedingt ein Bier trinken, damit die Schmach nicht überhand nimmt und sich verselbständigt. Doch wo? Geeignete Orte scheint es in diesem Viertel aus 70er-Jahre-Bausünden aus Beton nicht zu geben. Alles ist zugepflastert und versiegelt. Lauschige Ecken und

Grünflächen mit Sitzbänken gibt es nicht, dafür weit ausgedehnte Parkplätzen und Garagenanlagen. Hätte ich ein Auto, hätte ich auch immer einen Platz zum Saufen. Als Fußgänger aber muss ich ewig suchen. Irgendwann werde ich fündig, eine letzte Grünanlage mit angeschlossenem Spielplatz ist übrig geblieben. Eine marode Holzbank lädt zum Sitzen ein, die Spielgeräte sind verrostet und der Sandkasten ist für die Kleinen mit Hundekacke zum Spielen übersät. Um so besser, denke ich, so wird hier sicher keine Mutter ihre Bälger hinbringen. So kann ich mich ungestört und unbeobachtet meiner ersten Flasche widmen - in aller Hingabe und Freude. In wenigen langen Zügen trinke ich sie leer. Ich fühle, wie das kühle Getränk meine ausgedörrte Kehle hinabläuft und in meinem Magen dieses herrliche Prickeln erzeugt, das sich in einen gewaltigen Druck verwandelt. Mit einem kehligen Rülpser entlasse ich ihn in die Welt. Gleich danach öffne ich die nächste Flasche und sauge ihren Inhalt gierig in mich hinein. Endlich ändert sich meine Stimmung. Ganz langsam lichten sich die nebligen Schleier von Ängstlichkeit, Frustration und Selbstzweifeln. Ruhe kehrt ein in mein Grübeln und schafft Raum für Wohlbefinden, neuen Lebensmut und Freude. Mein Blick schweift über die monoton grauen Fassaden der umliegenden Wohnblocks, meine Gedanken kehren zurück zu der Blonden vom Kiosk. Unwillkürlich fange ich an, in der Nase zu bohren. Mit dem Zeige- und Ringfinger fördere ich einige respektable Popelbrocken hervor und schnippe sie durch die Luft. Ich habe es jetzt eilig und trinke die

Bierflasche aus, krame die dritte aus der Tüte und trinke weiter. Im Gegensatz zu Hochprozentigem oder Wein muss man bei Bier immerfort am Ball bleiben. Wegen seines verschwindend geringen Alkoholgehalts muss es schnell und in großen Mengen getrunken werden, um die gewünschte Wirkung zu erreichen. Kein Problem, ich habe großen Durst. Leider muss ich ab der vierten Flasche etwas langsamer trinken, weil meine Innereien mal wieder Schwierigkeiten mit der Verarbeitung haben und sich in meinem Magen ein unangenehmes Völlegefühl entwickelt. Auch muss ich dringend meine Blase leeren, was ich hinter einigen schulterhohen Büschen erledige.

Schon millionenmal habe ich in meinem Leben gepinkelt, und es ist immer wieder aufs Neue ein einmaliges und schönes Erlebnis. Besonders wenn man den Blasendruck kultiviert, also gezielt ansteigen lässt, ist die Erleichterung beim Entleeren immens. Die Kunst besteht darin, solange abzuwarten, bis der Druck unerträglich geworden ist. Immer wieder liebe ich es, den Penis in der allerletzten Sekunde aus der Hose zu fummeln und in einem Gefühl unendlicher Entspannung und Erleichterung den warmen Urin herauslaufen zu lassen. Nun schaue ich zu, wie der Strahl auf dem Boden einen kleinen Bach bildet, der stetig auf meine Schuhe zuläuft. Schade, dass meine Exkremente auf dem trockenen Boden so schnell versickern. Ich verstaue meinen Schlauch wieder, wobei ich feststelle, dass meine Unterhose ziemlich nass geworden ist. Ich habe vergessen, gründlich abzuschütteln. Nun tropft er nach, der Schwengel, sogar in der Hose. Zurück auf meiner gemütlichen Bank trinke ich die Flasche leer, werfe sie ins Gebüsch und fühle, dass sich meine Blase schon wieder gefüllt hat. Ich bin erstaunt über das wahnsinnige Tempo, in dem die Nieren das Bier verarbeiten. Das nenne ich Höchstleistung! Aber so muss es sein, sonst würde ich mit der schwachen Plörre meinen Pegel niemals in die Höhe treiben können. Motiviert gehe ich erneut ins Gebüsch und strulle. Da meine Unterhose ohnehin schon feucht ist, verzichte ich auf das zeitraubende Abtropfen und packe den Schwanz schnell wieder ein. Allerdings habe ich keine Lust mehr, mein Bier weiter an diesem öden Ort zu trinken. Ich will mich freuen, amüsieren, will Spaß haben und glücklich sein. Trotz meines steigenden Pegels bietet der marode Spielplatz keine gute Kulisse dafür. Ich muss weiter! Es ist schon dunkel geworden, und mit einem Male überkommt mich die Idee, zum Kiosk zurückzukehren und noch einen Blick aus sicherer Entfernung auf die Blonde zu werfen. Ich will einfach nur gucken, nicht mit ihr reden. Vielleicht kann ich sie auch zu ihrer Wohnung verfolgen - eine gute Gelegenheit, mir ihr Bild für meine wilden Wichsfantasien tief in mein Gehirn einzubrennen. Ich beglückwünsche mich zu diesem schönen Gedanken.

Wenige Minuten Fußweg später habe ich den Kiosk erreicht. Er hat noch geöffnet, doch bald müsste sie Feierabend haben. Ein mächtiger Kastanienbaum gibt mir Sichtschutz, während ich vorsichtig zum Kiosk luge, wo ich die Blonde schemenhaft erkennen kann. Sofort beginnt mein Herz höher zu schlagen. Ich muss näher ran, von hier aus kann ich nichts erkennen. Vorsichtig verlasse ich den schützenden Baum und trotte langsam auf den Kiosk zu, immer den Kopf der Blonden im Blick, damit ich mich schnell verstecken kann, sollte sie in meine Richtung schauen. Auf diese Art gelingt es mir, bis auf wenige Meter an den Tresen heran zu kommen. Ein weiterer Baum bietet mir Sichtschutz, zum Glück ist an diesem Abend kaum etwas los auf der Straße. So habe ich Ruhe und Muße für meine ausgedehnte Schwärmerei. Leider werden meine Gedanken und erotischen Fantasien mal wieder jäh von der Blase unterbrochen. Wieder hat sie sich bis zum Bersten gefüllt und muss dringend geleert werden. Was auch sonst? Kein Mensch ist zu sehen. Ohne lange zu zögern krame ich meinen Schwanz aus der Hose und strulle gegen den Baumstamm. Mit dem Kopf stütze ich mich am Baum ab und und sehe zu, wie sich die Pisse ihren Weg durch die Maserung der Baumrinde sucht. Aus lauter Übermut halte ich meinen Pimmel dabei nicht fest, sondern lasse ihn einfach strullend heraushängen. Beide Arme lasse ich an den Seiten herunterbaumeln. Das wohlbekannte Gefühl unendlicher Erleichterung breitet sich aus, während mein Blick kurz auf der kleinen Lache verweilt, die sich am Boden gebildet hat. Plötzlich sehe ich aus den Augenwinkeln, wie sich ein scheinbar aus dem Nichts kommender Schatten geradewegs auf mich zu bewegt. Erschreckt und hastig verpacke ich meinen Penis in der Hose. Überrascht von diesem abrupten Ende der Verrichtung, schickt mein Rohr noch eine bemerkenswerte Menge Urin über meine Hände und in die Unterhose. Mein Blick fällt auf die Person, die mich aus zwei Metern Entfernung verächtlich mustert. Es ist die Blonde aus dem Kiosk, die wohl zwischenzeitlich Feierabend gemacht hat und auf dem Heimweg an meinem Baumversteck vorbeigekommen ist. „Jaja, es kommt noch Besuch", fährt ihr leise, aber höhnisch aus den Lippen. Mein Gehirn arbeitet auf Hochtouren, um eine plausible Begründung wie „Es ist nicht das, wonach es aussieht." zu formulieren. Doch bevor ich auch nur ein einziges Wort herausbringen kann, ist sie auch schon aus meinem Blickfeld verschwunden.

Mit nasser Hose und deprimierenden Gedanken gehe ich weiter. Doch so darf dieser schöne Abend doch nicht enden, entscheide ich. Dieses Malheur darf nicht überbewertet werden; es war nur ein peinliches Missgeschick, das dem besten Meister hätte passieren können. Jeder war schon einmal zur falschen Zeit am falschen Platz. Kein Grund also für trübe Gedanken!

Pissen mit Pils

E s gehört zu den geheimen Prinzipien dieser Welt, dass von allen statistisch möglichen Varianten des Ausgangs einer speziellen Konstellation verschiedener Faktoren prinzipiell die ungünstigste Variante als

Ergebnis herauskommt. Dieses Gesetz betrifft dabei nicht alle Menschen in gleicher Weise, sondern nur eine ausgewählte und benachteiligte Minderheit, zu der ich zu gehören scheine. Aus mir unbekannten Gründen stellen sich mir weitaus mehr und auch wesentlich schlechter überwindbare Hindernisse in den Lebensweg, als meinen Mitmenschen. Wenn die Theorie von der Wiedergeburt zutreffen sollte, kann ich in meinem vorherigen Leben kein angenehmer Zeitgenosse gewesen sein, denn es kann beileibe kann Zufall sein, dass die Blonde mich mitten in meiner Verrichtung erwischen konnte. Ich bin vom Pech verfolgt und male mir aus, wie das Pech dieser Welt in Gestalt eines schwarzbemäntelten Sensenmannes hinter mir her hechtet, während ich furzend in einer vollgepinkelten Unterhose fliehe. Irgendwie spüre ich, dass ich eine angeborene Veranlagung zum Versagen haben muss, dass ich für alle möglichen Formen von Pech, Unglück und Unbill prädestiniert zu sein scheine. Alles ist so schwierig, nichts gelingt mir. Alles was ich anfasse, geht in die Binsen. Mein Leben ist ein ständiges Überwinden riesiger Hürden, die auf einer zunächst halbwegs frei erscheinenden Strecke unvermittelt aus dem Nichts auftauchen und sich mir höhnisch grinsend in den Weg stellen. Unzählige Male bin ich so am Erreichen angestrebter Ziele gewaltsam gehindert worden, was letzten Endes der Grund dafür gewesen ist, dazu überzugehen, mir überhaupt keine Ziele mehr zu setzen und auch den Anforderungen, die die überregulierte und durchbürokratisierte Welt an mich stellte, einfach nicht mehr nachzukommen.

Die gesellschaftliche Freiheit, die von den Mächtigen und Lenkern dieser Welt unablässig postuliert wird, ist nichts weiter als die schweigende Verpflichtung, innerhalb vorgegebener Rahmenbedingungen eine Handvoll gnädiger Weise zur Auswahl gestellter Dinge zu erreichen. Jedem, der sich in dem Netz der Formulare, der behördlichen Bestimmungen, der gesetzlichen Regelungen, der sozialen und der moralischen Verpflichtungen nicht zurechtfindet, drohen üble Ausstoßung und Anprangerung. Die im Dauermodus agierende Propagandamaschinerie des Herrschaftsapparates dringt bis in die privatesten Bereiche des Lebens vor, so dass beinahe jeder Zeitgenosse die Inhalte dieser führenden Ideologie aus dem Effeff nachäffen sowie Abweichungen bei anderen in Sekundenbruchteilen feststellen und spontan ahnden kann.

So gesehen, kann ich der Blondine keinerlei Vorwürfe machen, denn auch sie ist nichts weiter als ein Opfer dieses Apparates. Sie wurde dahingehend indoktriniert, jegliches Abweichen von der Norm als verachtenswertes Verhalten zu empfinden. Warum auch sollte dieses einfache Mädchen, das sich seine Abende sicher mit dem Konsum hirnlos billiger Formate des Privatfernsehens vertreibt, etwas über die allgegenwärtige Propaganda wissen? Wie kann ein Mensch, der sein Nichtwissen mit dem täglichen Lesen der BLÖD-Zeitung vertieft, auch nur den Anflug einer Ahnung davon haben, durch was sein alltägliches Leben in Wirklichkeit bestimmt wird?

Oder sich ein Urteil über das Verhalten anderer erlauben? Es ist schlechterdings nicht möglich, soviel steht fest. Und deshalb ist die Blonde auch nichts weiter, als ein Opfer der Umstände und Verhältnisse. Sie wusste es einfach nicht besser.

Diese Gedanken üben einen beruhigenden Einfluss auf mein geplagtes Gemüt aus. Denn auch ein Mensch ohne große Ansprüche an das Leben kann schnell gekränkt werden. Ich packe meine Plastiktüte und trete den Heimweg an. Zuhause kann ich ungestört weitersaufen und laufe auch nicht in Gefahr, durch weitere peinliche Ereignisse gedemütigt zu werden. Es ist bereits dunkel, als ich meinen Hauseingang erreiche. Vor dem Öffnen der Tür zögere ich, stecke den Schlüssel ganz langsam ins Schloss und lausche bei nur knapp geöffneter Tür ins Treppenhaus hinein. Jetzt bloß keine Nachbarn treffen und von ihnen hochnotpeinlich verhört werden, lautet die Devise. Es ist kein Licht zu sehen, kein Geräusch zu hören, so dass ich schnell hineinschlüpfen und die Treppe hinaufeilen kann. Nach dem Öffnen der Wohnungstür fällt mir ein Briefumschlag ins Auge, der offensichtlich unter der Tür hindurch gesteckt wurde. Weil ich dringend auf die Toilette muss, nehme ich ihn als Lektüre mit. Auf der Klobrille sitzend öffne ich den Umschlag und entdecke die Rechnung einer Firma für Gebäudereinigung, die man wohl mit der Beseitigung meiner Kotze beauftragt hat - sie haben sich also nicht die eigenen Finger schmutzig machen wollen, diese Heuchler. Eine krakelige Handschrift fordert mich dazu auf, gemäß einer kollektiven Verfügung der Nachbarschaft sämtliche Kosten zu übernehmen. Mit stoischer Gelassenheit scheide ich auf dem Klo ein wenig Dünnschiss aus und wische mir zum Zeichen des Protestes den Hintern mit dem Wisch ab. Nomen est omen.

Mittlerweile hat sich mein Durst wieder bemerkbar gemacht. Schnell eile ich aus dem Klo zu meinen restlichen Flaschen und trinke Nummer Fünf eilig halbleer. Allerdings mache ich mir langsam arge Sorgen angesichts der mittlerweile ziemlich stark zusammengeschrumpften Vorräte. Die noch drei verbliebenen Flaschen würden niemals ausreichen, mich in den gewünschten Zustand des erweiterten Bewusstseins zu katapultieren. Ich mache mir arge Vorwürfe, aus Faulheit und Versagensangst nicht genügend Trinkvorräte besorgt zu haben. So bleibt mir zur Not nur der Gang zur 24-Stunden Tankstelle, was nicht nur eine zusätzliche Anstrengung bedeuten würde, sondern auch, mich unnötig der feindseligen Außenwelt auszusetzen. Träge lasse ich mich in meinen Sessel fallen und saufe die Bierflasche aus. Meine Gedanken dabei sind aufgewühlt, wirr und tendenziell deprimierend, ständig muss ich an die peinliche Begegnung mit der Blonden denken. Kein Wunder, das leichte Pilsener ist kaum in der Lage, meinen Alkoholpegel nennenswert nach oben zu treiben. Mein Trinktempo kommt der Leber kaum hinterher - so ein Bier ist ein Getränk für elende Warmduscher und Weicheier, wird mir klar. Egal, ich muss Schmerz und schlechte Laune betäuben, muss die niederschmetternden Gedanken und Ängste bekämpfen. Diese würden mir diesen schönen Abend mit Sicherheit verderben; Freude, Spaß und ein erweitertes Bewusstsein würden in weite Ferne rücken. Und genau das muss verhindert werden.

Schnell greife ich die nächste Flasche, setze sie an und sauge wesentliche Teile ihres Inhaltes in mich hinein. Es dauert nicht lange, dann muss ich wieder pissen. Ich erhebe mich langsam aus dem Sessel und stapfe zur Toilette. Einer plötzlichen Eingebung folgend uriniere ich diesmal aber nicht in die Kloschüssel, sondern ins Waschbecken. Da ich wohl noch häufiger pinkeln muss, lasse ich die Hose einfach offen. Auch den Penis lasse ich hinaushängen, so kommt mein stinkendes Stück wenigstens auch mal an die frische Luft. Zurück im Sessel nuckele ich weiter an meiner Bierflasche. Aus Gewohnheit spielt meine freie Hand am freihängenden Pimmel herum. Mit zwei Fingern ziehe ich die Vorhaut zurück, um einen Blick auf die Eichel werfen zu können. Würziger Geruch steigt auf, zum Vorschein kommt dabei auch frisches Smegma, der sogenannte *Vorhauttalg*. Durch das unablässige Herumspielen und Betasten beginnt sich die herunterhängende Wurst langsam aufzurichten. Ich fingere so lange weiter, bis der steif erigierte Schwanz in meiner Hand liegt. Die Flasche wird beiseite gestellt, jetzt habe ich Lust auf mehr. Ich schiebe die Vorhaut auf und ab, erhöhe den Druck auf die Eichel und stelle mir hocherotische Szenen mit der Blonden vom Kiosk vor. Ich stelle mir vor, wie ich aufgrund einer geheimen Verpflichtung gezwungen werde, mich vor ihr nackt auszuziehen und langsam zu masturbieren. Ich muss meine Eichel an ihrer Kittelschürze reiben, dann verlangt sie, das Produkt meiner höchsten Lust auf ihre Lippen gespritzt zu bekommen. Vor meinem inneren Augen spielen sich unfassbare Szenen ab, während ich meinen Penis mit rhythmischen Bewegung immer weiter stimuliere. Kurz vor dem Orgasmus ändert sich die imaginäre Situation. Sie möchte nun selbst Hand anlegen und das Sperma herausmelken, während mehrere ihrer Freundinnen dabei zusehen, wie ich in die höchsten Regionen der Lust geschubbert werde. Es dauert nicht lange, und ich ejakuliere würgend auf Unterhose und Sesselpolster. Wichsen ist die vollkommenste Form des Sex, alles und jeder steht einem sofort zur Verfügung, es gibt keinerlei Grenzen und Tabus. Schade nur, dass nach dem Orgasmus alles Geile mit einem Schlag wie fortgeblasen ist. So auch diesmal wieder. Ein wenig angewidert schaue ich meinen Schwanz dabei zu, wie er sich langsam wieder in die ursprüngliche faltige Wurst zurück verwandelt und dabei noch ein bisschen restliches Sperma absondert - eklig und würdelos.

Deprimiert sauge ich an der nächsten Flasche und streife meine klebrige Hand am T-Shirt ab. Ein leichter Uringeruch steigt auf, und überhaupt sind Unterhose und Sesselpolster jetzt irgendwie nass geworden. Ich muss schon wieder aufs Klo, doch dieses Mal habe ich keine Lust mehr auf diese ständigen Toilettengänge. Diese ausufernde Pisserei macht mich noch wahnsinnig. Ich greife eine leere Bierfalsche, halte meinen Schwanz darüber und versuche, mit dem Strahl in die enge Öffnung zu treffen. Natürlich landet ein beträchtlicher Teil auf dem Teppich. Egal, morgen ist alles wieder verdunstet. Während ich so dasitze merke ich, dass mir langweilig wird. Irgendetwas muss geschehen, ich brauche Unterhaltung. Plötzlich fällt mein Blick auf das Telefon, und schlagartig kommt mir der rettende Gedanke: Telefonterror! Das ist das Stichwort! Ich kann meine verhassten Nachbarn aus den Betten klingeln und sie demütigen, es wird mich köstlich amüsieren. Hastig trinke ich die angebrochene Bierflasche aus und suche im Telefonbuch nach den Nummern meiner Nachbarn. Freudig reibe ich mir die Hände, öffne die vorletzte Flasche Bier, schalte die Rufnummernunterdrückung *(23 Buchstaben, Wahnsinn)* ein und wähle die Nummer der Hansens. Nach drei Klingelzeichen lege ich den Hörer wieder auf und stelle mir vor, wie man dort über die Bedeutung dieses Klingelns grübelt. Erneut wähle ich die Nummer, lasse es nun aber viermal klingeln. Nun kommt der dritte Anlauf. Ich drücke die Wahlwiederholung und lasse es tuten, bis Herr Hansen abhebt. Ich verstelle meine Stimme und krächze hitlerhaft „Goten Tag, Härrr Hansen! Härrr Hanzen, goten Tag!" in den Hörer. Der Mann am anderen Ende legt auf. Ich versuche es noch einmal, diesmal nehmen die Hansens nicht mehr ab. Egal, ich habe ja noch mehr Nachbarn. Als nächstes soll die gute Frau Stein erfreut werden. Sie gehört zu den Nachbarn, die ich besonders gründlich hasse. Einmal ist mir dieses angealterte Miststück im Treppenhaus begegnet und hat mich lautstark beschuldigt, es noch nie geputzt zu haben. Und das, obwohl ich es mir in der sozialen Hängematte doch reichlich bequem machen würde, während die anderen ehrbaren Mieter fleißig zur Arbeit gingen und damit mein süßes Lotterleben finanzierten. Da könne ich mich doch wenigstens als so dankbar erweisen, das Treppenhaus zu putzen. Wie sehr ich diesen Leuten für ihre Opferbereitschaft danke, habe ich ihnen gestern Nacht sehr eindrucksvoll demonstriert. Und gerne zeige ich mich noch viele weitere Male erkenntlich für ihre Mühen! Da geht noch mehr!

Voller Hass auf diese Frau wähle ich ihre Nummer. Nach kurzem Tuten meldet sich ihre Quäkstimme im Hörer. Ich hauche ein heiseres „Moment bitte" hinein, lege ihn auf den Tisch, ziehe die Unterhose runter und presse einen beachtlichen Furz ins Mikrofon. Danach lausche ich und kann Frau Steins Stimme aus der Ohrmuschel schimpfen hören. Um sie noch ein wenig zu beglücken, würge ich Luft in den Magen und stoße sie in einem lauten und kehligen Rülpsen wieder heraus. Zufrieden lege ich auf. Wie praktisch doch die Erfindung des Telefons ist, welche Erleichterung bietet es einem Menschen, der von bösen Nachbarn gepeinigt ist. Mein Interesse richtet sich nun wieder den Getränkevorräten. Nur noch eine einsame Flasche liegt in meinem Beutel - eine minimale Menge, die niemals ausreichen wird, mich in die gewünschten Höhen des erweiterten Bewusstseins zu katapultieren. So tragisch es ist, ich muss meine Wohnung notgedrungen noch ein weiteres Mal zum Bierkauf verlassen. Eine Notwendigkeit, die mich einer unüberschaubaren Menge unvorhersehbarer Gefahren aussetzen wird. Geschwind trinke ich den Rest des Bieres aus und öffne die letzte der braunen Flaschen. Noch mindestens fünf oder sechs Dosen werde ich benötigen, um den Abend freudvoll verbringen zu können. Ich hätte mich niemals darauf einlassen dürfen, normales Pilsener zu kaufen. Viel zu mickrig ist sein lächerlicher Alkoholgehalt.

Kurze Zeit später bin ich ausgehfertig gekleidet und schleiche mich in der gewohnt vorsichtigen Manier die Treppen hinunter und aus dem Haus. Draußen empfängt mich eine unerwartet klare Nacht, ihre kühle Luft streicht mir wohlwollend durch die Haare. Die helle Sichel des Mondes verleiht dem ansonsten langweiligen Himmel eine besondere Note, die in mir ein eigenartiges Gefühl von Bedrückung hervorruft. Ich muss mich also beeilen und schnell meinen unvermeidlichen Einkauf hinter mich bringen, bevor diese beklemmende Empfindung in eine noch viel beklemmendere Melancholie umschlägt. Heute übt die Nacht einen unguten Einfluss auf mich aus, was vielleicht auch Folge der zahlreichen schlechten Erfahrungen in der letzten Zeit sein kann. Während ich so marschiere, habe ich wieder das Gefühl, als wenn mich jemand oder etwas verfolgte. Ängstlich schaue ich mich um, kann aber niemanden erkennen. Kein Zweifel, ich brauche dringend neuen Alkohol. Mindestens fünf Dosen Starkbier möchte ich mir heute Abend noch hineinprügeln, beschließe ich. Luschiges Pils kommt mir natürlich nicht mehr in die Kehle. Noch fünf Dosen Doppelbock-Bier, das ist der Plan. Zwar keine allzu heroische Höchstleistung, aber immerhin ein stolzes Ziel, das eine extrem hohe Leistungsfähigkeit voraussetzt, die nur noch einer kleinen Elite vorbehalten ist. Mit dieser mutigen Trinkzielvorgabe habe ich mir eine interessante Aufgabe gestellt, die mich für den Rest dieser Nacht zu Höchstleistungen motivieren soll. Noch fünf Dosen Doppelbock - mindestens, das würde selbst für meine Begriffe bedeuten, am Ende bewundernswert voll zu sein.

So in ehrgeizige Gedanken versunken, trotte ich durch die nächtliche Stadt. Endlich sehe ich die Lichter der Tankstelle einladend vor mir funkeln. Kurz darauf trage ich acht Dosen Starkbier in meiner Plastiktüte - lieber ein paar mehr, falls fünf nicht reichen sollten. Das Gewicht der Tüte zieht schwer an meinem Arm. Ständig muss ich aufpassen, dass der dünne Henkel nicht abreißt. Die kühle Luft des späten Abends bläst mir ins Gesicht. Mein Blick ist auf die Fassaden der Wohnhäuser gerichtet, hinter denen sich das Leben der gewöhnlichen Leute abspielt. In diesen kleinen Wohnung passiert immer das Gleiche. Es warten Frauen mit ihren Kindern auf die Heimkehr ihrer Männer von der Arbeit, versorgen sie mit mittelmäßigem Essen und schauen ihnen dann beim Fernsehgucken zu, bis es ins Bett geht. Das alles wiederholt sich bei diesen Pantoffelmenschen in monotoner Regelmäßigkeit oft jahrzehntelang. Ab und zu wird dieser Kreislauf der öden Langeweile durch einschneidende Ereignisse gestört, etwa dem Tod eines Beteiligten. Dieser Tod kann plötzlich eintreten oder aber langsam und qualvoll sein. Wie auch immer sich das Ableben gestaltet, es werden sonst wichtige Bestandteile des standardisierten Tagesablaufs einfach weggelassen oder verändert, weil etwa der Ehemann nicht mehr bekocht oder das Kind nie mehr bei seinen bescheuerten Hausaufgaben betreut werden muss. Gleichwohl verwandelt sich dieser geänderte Tagesablauf nach einiger Zeit wieder in ein neues Ritual und wird mit derselben Monotonie ausgeführt, bis eines schönen Tages das nächste einschneidende Ereignis erbarmungslos zuschlägt und eine Änderung erzwingt.

Mich fröstelt bei dem Gedanken, dass ich um ein Haar auch so ein Pantoffelmensch geworden wäre und beglückwünsche mich stillschweigend für den Mut zur Andersartigkeit. Bei diesen Gedanken wird es Zeit, meine Abkehr von den Pfaden der bürgerlichen Mittelmäßigkeit mit einem Bier zu feiern. Schnell ist die Dose geöffnet und zur Hälfte ausgetrunken. Ein heftiger Gasdruck verlangt nach Befreiung aus dem Magen. Wie gurgelndes Donnergrollen bahnt er sich den Weg aus der Kehle hinaus ins Freie. Freudig lausche ich dem Wiederhall meines Rülpsers, der von den glatten Fassaden der Häuser zurückgeworfen wird. Wie schön es doch ist, die unnatürliche Stille der Nacht mit Körpergeräuschen zu durchbrechen, die heilige Ruhe gewissermaßen mit den Lauten des intensivsten Lebens zu entweihen.

Während ich so durch die Straßen marschiere, überkommt mich langsam wieder dieses seltsame Gefühl der Beklemmung. Oft kommt es in Begleitung von Schüben purer Existenzangst. Natürlich fühle ich mich frei von den Zwängen des bürgerlichen Lebens, kann mehr oder weniger tun und lassen, was ich will. Ich habe keine Arbeit und kann meine Freizeit in vollsten Zügen genießen. Nichts und niemand zwingt mich morgens zu nachtschlafender Zeit aus dem Haus, um irgendwo etwas zu tun, das ich sonst niemals machen würde. Doch ich habe viel zu lange ein bürgerliches Leben geführt, um nicht noch Reste der dazugehörigen Normvorstellungen in mir zu finden. Seit meiner frühen Kindheit sind sie mir unablässig eingetrichtert worden, so dass ich mich nicht komplett von ihnen befreien kann. Gelegentlich spülen sie dann äußere Eindrücke ins Bewusstsein hinauf, wo sie als Existenzängste oder Versagensgefühle stören. Es gibt Tage, da gelingt es mir kaum, etwas dagegen zu unternehmen. Dann sitze ich stundenlang in meinem Sessel und starre vor mich hin, während ich kaum dazu in der Lage bin, meine grübelnden Gedanken zu stoppen. Wie paralysiert kann ich auf diese Weise ganze Nachmittage verbringen, wobei mich jede noch so kleine Regung eine unmenschliche Anstrengung kostet. Auf jeden Toilettengang muss ich mich gedanklich lange vorbereiten, bis ich mir den Ruck zum Aufstehen geben kann. Zum Glück gibt es ein probates Gegenmittel: Alkohol. Ein paar Flaschen Bier oder Gläser Wein, dann ging es mir zumeist besser. Und ein paar Flaschen oder Gläser weiter konnte ich regelrechte Hochgefühle erleben. Doch in letzter Zeit passiert es mir immer öfter, dass Beklemmung und Melancholie auch beim Trinken auftreten. Und zwar immer dann, wenn ich den Alk nicht schnell genug nachschütte und der Pegelanstieg stagniert. Dann holen mich die trüben Fantasien und Ängste ein und machen mir selbst schönste Trinkabende zunichte. Um das zu verhindern, leere ich die Dose in wenigen Zügen und werfe sie in einen Vorgarten. Ich spüre, wie der Alkohol in meinem Kopf ankommt und ein wohliges Gefühl verbreitet. Jetzt aber schnell die nächste Dose öffnen um die Saufgaleere auf Gute-Laune-Kurs zu steuern.

Ideen und Pläne

Ich muss schon wieder pissen und suche mir eine dunkle Ecke zum Strullen. Während der warme Strahl meinen Körper verlässt, bemerke ich wieder den altbekannten Darmdruck. Er zählt zu den treusten Begleitern meines Lebens, was wäre ich ohne ihn? Größere Gasmengen haben sich bereits angesammelt und fordern ihre Freilassung in die Außenwelt. Da ich für mein Leben gerne furze, nehme ich das alles mit Freude zur Kenntnis. Furzen ist überhaupt eine der tollsten Begleiterscheinungen eines genussvollen Lebens. Es ist die Belohnung des Körpers nach der Einnahme üppiger Speisen oder leckerer Getränke. Es ist gleichsam Ausdruck seiner Freude über die Zuführung wertvoller Rohstoffe. Und immer wieder genieße ich meine Furze in vollsten Zügen. Wie oft habe ich schon gemütlich biertrinkend in meinem Wohnzimmer gesessen, einen Furz nach dem anderen abgedrückt und den aufsteigenden Duft genossen. Tür und Fenster waren stets geschlossen, damit sich im Laufe der Zeit eine umwerfende Duftkulisse aufbauen konnte. Es gab auch Zeiten, in denen ich mein Essen so wählte, dass möglichst lange und heftige Blähungen zu erwarten waren. Immer noch ist es ein heimlicher Traum von mir, das ultimativ blähende Gericht zu kochen und es ahnungslosen Gästen zu servieren. Ein Gericht, das nur aus solchen ausgewählten Zutaten besteht, die in den Därmen irreversible Gärprozesse anstoßen und jeden Menschen auf diese Weise unweigerlich zum eruptiven Flatulieren zwingen. Meine Idee ist es, Freunde oder Bekannte zu einem selbstgekochten Essen einzuladen und ihnen dabei heimlich dieses ultimative Furzgericht zu servieren. Und dann, nachdem sie alle aufgegessen haben, würde ihre angenehme Qual in den Därmen beginnen. Alle würden sich schämen, keiner würde sich trauen, ins Zimmer zu furzen, aber das Klo wäre ständig besetzt. Ich stelle mir plastisch vor, wie alle meine Gäste ihre Gesichter verziehen und versuchen würden, sich ihren heftigen Darmdruck auf keinen Fall anmerken zu lassen, weil es ihnen peinlich wäre. Doch irgendwann würde zwangsläufig der lang erwartete Punkt kommen, an dem keiner mehr dem immensen Darmdruck standhalten kann. Der Moment, an dem das Gekröse über Contenance und gute Sitten siegt. Dann nämlich bliebe den Leuten nichts anderes mehr übrig, als ihre Furzgase ins Freie zu entlassen und sich beschämt zu erleichtern, sie müssten ihren heftigsten Flatulenzen öffentlich freien Lauf lassen und sich voller Scham offenbaren. Ich nehme mir vor, zu recherchieren und dieses ultimative Furzgericht zusammenstellen. Zwar kenne ich noch keine Menschen, die ich zu mir einladen könnte - aber das wird sich in Zukunft sicher ändern.

Ein anderes Vorhaben in diesem Zusammenhang ist die Sache mit dem verstecken Lautsprecher auf dem Klo. Folgendes Szenario: Ich habe Besuch, am besten von mehreren Menschen. Irgendwann dürfte der Moment gekommen sein, an dem einer meiner Gäste die Toilette aufsuchen muss - idealer Weise für ein großes Geschäft. Nun sind die meisten Menschen ja bestrebt, die sehr intimen und privaten Geräusche bei ihren Verrichtungen nicht in fremde Ohren dringen zu lassen. Aus eigener Erfahrung von früher weiß ich noch, wie schlimm es immer war, heftigen Blähstuhl auf einer fremden Toilette ausgasen zu müssen. Und das vor allem dann, wenn der räumliche Abstand zwischen Toilette und Wohnzimmer nicht allzu groß und das Klo zudem akustisch günstig gekachelt war.

Dann habe ich stets versucht, die üblen Ladungen ganz langsam und kontrolliert ohne übermäßige Geräuschentwicklung ins Freie zu entlassen. Ein schwieriges Unterfangen, das mir oft missglückte. Früher kam es tatsächlich nicht selten vor, dass ich am Wohnzimmertisch inmitten einer geselligen Runde saß, während sich extreme Blähungen in meinen Schläuchen aufstauten und dringend eine Entlastung forderten. Als es kaum mehr auszuhalten war, ging ich auf die Toilette, setzte mich auf die Schüssel und drückte. Doch oft geschah es, dass die veränderte Sitzhaltung ein Ausblähen unmöglich machte und trotz des riesigen Darmdruckes nicht der leiseste Hauch eines Furzes hervorkam, so dass der Druck im Darm bestehen blieb. Verzweifelt hockte ich mich dann auf den Boden, hüpfte herum oder stellte mich aufrecht hin, um die Fürze freizuschütteln oder den Darm in eine günstige Position zu bringen. Meistens war auch das vergeblich. Um nicht verdächtig viel Zeit auf der Toilette zu verbringen, musste ich in solchen Fällen unerledigter Dinge und mit maximalem Darmdruck zu den anderen Leuten zurückkehren. Und kaum saß ich auf dem Sofa in der Runde, musste ich wieder mit strengster Konzentration die Furzerei zurückhalten. Gepeinigt von der stetig anwachsenden Inverslage in meinen Därmen, saß ich dann eine Zeitlang nervös herum, stahl mich alsbald wieder aufs Klo und versuchte mein Glück erneut, wobei sich der prekäre Sachverhalt in aller Regel wiederholte. Wie man sich mitunter doch sinnlos quält, kommt mir in den Kopf. Warum habe in solchen Situationen nicht einfach dem Furzdruck nachgegeben und öffentlich in der geselligen Runde ausgegast? Im ersten Moment wäre man sicher überrascht gewesen, aber nach ein paar erklärenden Worten wäre sicher Verständnis aufgekommen.

Doch wieder zurück zu meinen Lautsprechern im Klo. Die Toilette wäre in meinem fantasievollen Plan mit einem versteckten Lautsprecher ausgerüstet, den ich von außen ansteuern und über den ich laute Furz- und Kackgeräusche abspielen kann. Wenn also einer meiner Gäste das Klo aufsuchen und sich zu einer Sitzung niederlassen würde, würde ich den Startknopf drücken, so dass die aufgenommenen Wohlgeräusche laut in der Zelle abgespielt werden. Und zwar so laut, dass sie auch die übrigen Gäste nicht überhören könnten. Doppelt interessant dürften die Gesichter der Gäste und das Gesicht des Klogängers sein, wenn er aufs Tiefste gedemütigt in die Runde zurückkommt.

Schöne Gedanken, die mich für eine Weile davon abgelenkt haben, dass ich einsam in dieser dunklen Wohnstraße stehe und in einer Tour furzen muss. Gedanken, die mich dazu animieren, das Flatulieren zu zelebrieren. Das kostbare Darmgas darf nicht einfach schnöde durch die Hose gedrückt werden, es muss laut heraus geschmettert werden. Weil sie meine Konzentration behindert, stelle ich die schwere Tragetasche ab. Dann bringe ich mich in Position und nehme eine leicht gebückte Haltung ein. Nichts darf die Verrichtung behindern, die feuchten Gase müssen geschmeidig und mit voller Inbrunst in die Außenwelt gepresst werden, bei Entfaltung der höchstmöglichen Lautstärke. Mit den gesammelten Kräften meiner Bauchmuskulatur drücke ich den gasförmigen Darminhalt ins Freie. Ein Gefühl der überwältigenden Erleichterung breitet sich aus. Beachtliche Volumina entweichen laut knatternd durch meine Hose nach draußen. Da geht noch mehr! Ich drücke weiter, um auch den letzten Rest Furzgas heraus zu melken. Dabei verdichtet sich die tonale Färbung des Knatterns plötzlich hin zu einem eher dumpfen Blubbern. In der Unterhose macht sich am Hintern dieses feuchtwarme Gefühl bemerkbar, das ich nur zu gut kenne, das immer nur dann auftritt, wenn beim Furzen sumpfiges Land mitgekommen ist. Vorsichtig taste ich an meinem Po herum. Und tatsächlich, die Unterhose klebt ein wenig an den Pobacken fest. Doch mir ist das gleichgültig. Vielleicht stört das breiige Gefühl in der Unterhose etwas, doch mir ist es egal. Es ist dunkel, da wird ein feuchter Fleck am Gesäß ohnehin niemandem auffallen. Und wenn schon - dies ist ein freies Land, voll von freien Bürgern. Ich muss nichts und niemandem Rechenschaft über den Zustand meiner Unterhose ablegen oder darüber, was sich darin befindet. Außerdem wäre es falsch, Ekel vor meinen Exkrementen zu empfinden, denn sie sind Produkte meines Körpers. Verachte ich sie, so verachte ich auch meinen Körper und damit mich selbst.

Für eine Weile halte ich in Gedanken versunken inne. Mein Blick fällt auf den Beutel mit den

Bierdosen, der da unten auf dem Trottoir irgendwie ganz klein, verloren und unscheinbar aussieht. Kaum zu glauben, dass mich sein Inhalt in eine andere Welt katapultieren kann. Meine Glotzböcke haben leichte Probleme, ihn zu fixieren. Zwei unabhängige Bilder verselbständigen sich und beginnen zu tanzen. Nur mit Mühe gelingt es mir, nicht mehr doppelt zu sehen. Das Licht einer nahen Straßenlaterne taucht die ganze Szenerie in eine unwirtliche Kühle. Ich beginne zu frösteln, denn der Nachtwind dringt durch meine verschwitzte Kleidung bis zu meiner Unterhose vor. Er kühlt sogar den feuchten Durchfall, was mit der Zeit unangenehm zu werden droht. Schnell greife ich meinen Beutel und mache mich auf den Weg zu meiner Wohnung. Der Weg ist nicht allzu weit, doch meine Augen machen mir das Gehen ziemlich schwer. Immer wieder verschwimmt die Außenwelt zu einem schlierigen Zerrbild, das sich immer wieder in zwei unabhängige Einzelbilder teilt. Mein Atem wird asthmatisch. Schon das schnelle Gehen strengt mich übermäßig an und bringt mich außer Puste. Was, wenn ich hier und auf der Stelle zusammenbrechen würde? Niemand würde mich finden. Und wenn, dann würde man mir nicht helfen, sondern mich meinem Schicksal überantworten und in meiner eigenen Kacke verrecken lassen. Das Leben kann so schnell auf der Kippe stehen. In der einen Minute ist man noch guter Dinge, voller Ideen, Hoffnungen, Pläne, blickt auf ein intensives Leben voller Erinnerungen zurück - in der nächsten Sekunde liegt man sterbend auf dem Bürgersteig und alles verschwindet, was einen als Menschen in den Jahren zuvor ausgemacht hat. Alles nur Strohhalme, an die man sich als ein kleines Lebewesen klammert, um seiner kläglichen Existenz einen Sinn zu geben.

Endlich, in der Ferne schält sich mein Wohnblock aus der Masse gräulicher Betonklötze. Auf meinem Heimweg habe ich es so eilig gehabt, dass ich nicht einmal ein einziges Bier getrunken habe. Zu groß war die Angst vor einem körperlichen Zusammenbruch, zu unerträglich das Gefühl, draußen auf der Straße einem ungewissen Schicksal ausgeliefert zu sein. Vor lauter Eile habe ich nicht einmal gemerkt, dass sich meine Blase wieder bis zum Anschlag gefüllt hat. Erst jetzt, wo ich mit zittrigen Händen versuche, die Haustür aufzuschließen, bemerke ich den enormen Druck. Doch ich muss vorsichtig sein, ich darf nicht einfach die Treppen zu meiner Wohnung hinaufgehen. Erst muss ich mich vergewissern, dass die Luft rein und kein Nachbar unterwegs ist. Außerdem darf kein Geräusch die Leute alarmieren. Aber dieser immense Blasendruck - ich kann ihm nicht mehr standhalten. Jetzt, wo das rettende Klo in unmittelbarer Nähe ist, verliere ich jede Selbstkontrolle. Es ist immer das Gleiche: Unterwegs lässt sich die prallvolle Blase gut ignorieren, doch sobald eine Schüssel in der Nähe ist, sobald die Erleichterung in unmittelbare Reichweite gerät, verliert der Körper rapide die Kontrolle über dieses Hohlorgan. So auch jetzt. Resigniert gebe ich meiner Blase nach. Ich stehe ganz unten im dunklen Treppenhaus und lasse den Urin einfach fließen. Ist doch egal, die Hose ist ohnehin schon voller Durchfall. Und so spüre ich, wie sich die Flüssigkeit an meinen Beinen hinabarbeitet, während ich ins ruhige Treppenhaus hinein horche. Nur sehr gedämpft dringt das ein oder andere Geräusch aus den Wohnungen meiner Nachbarn in meine Ohren. Das bürgerliche Leben bereitet sich auf die Nachtruhe vor und kommt zum Stillstand. Schließlich will man ausgeruht sein für den nächsten Tag voller wichtigster Verrichtungen. Nur im Schlaf sind diese braven Menschen sie selbst.

Ich habe es geschafft, endlich befinde ich mich wieder in meiner sicheren Wohnung. Hier kann mir nichts mehr passieren, hier bin ich geschützt. Jeder Mensch braucht eine Zuflucht, in der ihm keine Gefahr droht, in der die Außenwelt nicht zu ihm vordringen kann. Ganz so sicher ist es hier aber auch nicht, denn nur die dünne Wohnungstür trennt mich von der bösen Außenwelt. Als unüberwindbares Hindernis kann man dieses drei Zentimeter dicke Holzbrett nicht gerade bezeichnet werden. Schon ein schimpfender Nachbar genügt, um mich nicht nur hochgradig bedroht zu fühlen, sondern auch, um tatsächlich hochgradig bedroht zu sein. Und so kam es schon vor, dass ich über Nacht einen Schrank oder einen Tisch vor die Wohnungstür geschoben habe, nur um mich sicherer zu fühlen. Heute lasse ich den Schrank an seinem Platz stehen und erhöhe anstatt der äußeren lieber meine innere Sicherheit. Es ist schon ziemlich lange her, dass ich meine letzte Dose

Bier getrunken habe. Zur Vorbereitung auf die nächste ziehe ich die vollgepinkelten Klamotten aus und bleibe danach nackt - zum einen der Einfachheit halber, zum anderen, weil mich hier ohnehin niemand sehen kann und ich das Gefühl mag, ohne störende Kleidung zu sein. So lasse ich mich in meinen geliebten Sessel fallen und trinke schnell eine goldene Dose leer, und zwar auf Ex. Nach einem gewaltig dröhnenden Rülpser fingere ich die nächste Dose aus dem Beutel. Schnell bloß keine Zeit verlieren, lautet die Devise. Zu rapide ist mein Pegel in der letzten Zeit gesunken, und zwar so eilig, dass Angst, Einsamkeit und Niedergeschlagenheit wieder recht einladende Angriffsflächen finden. Nach einigen tiefen Zügen kehrt .nach und nach das wohlbekannte Gefühl von Leichtigkeit und Entspannung ein. Noch ein paar Züge mehr, und die wohlige Entspannung verwandelt sich in freudige Erregung. Jetzt sieht die Welt schon viel positiver aus - und selbst die dünne Wohnungstür kann mich nicht mehr beunruhigen. Sollen sie doch kommen, diese elenden Spießer-Nachbarn, diese tumben Crétins, sollen sie mich doch beschimpfen und bedrohen. Anhaben können sie mir nichts, denn ich weiß mich zur Wehr zu setzten und kann ihnen Paroli bieten. In Grund und Boden werde ich sie argumentieren, totschlagen mit messerscharfen Worten und so treffsicheren wie passgenauen Formulierungen. Mein Magen ist zum Bersten gefüllt, und trotzdem schaffe ich es, den Rest der Dose in mich hinein zu saugen. Zwei goldene Dosen in nicht einmal fünf Minuten, das soll mir mal jemand nachmachen!

Es wird wieder Zeit für einen Marsch aufs Klo. Diesmal stelle ich mich in die Duschkabine und lasse den warmen Strom einfach an meinen Beinen herunterlaufen. Wie gut es doch ist, nackt zu sein. Keine störende Kleidung muss ausgezogen werden, ich kann mich einfach hinstellen und pinkeln. Einfach so, der leichteste Vorgang auf dieser Welt, den schon Säuglinge mühelos beherrschen. Und wie schön er sein kann, so puristisch und natürlich praktiziert. Doch ein anderes Bedürfnis stört plötzlich mein Wohlbefinden, denn Hunger macht sich bemerkbar. Nicht normaler Hunger oder Appetit auf etwas Bestimmtes, sondern ein bohrendes Verlangen, ein immer heftiger werdender Heißhunger auf deftiges Essen. Alkoholische Unterzuckerung, diesen Begriff habe ich schon einmal gehört. Andererseits habe ich auch den ganzen Tag über keinen einzigen Bissen zu mir genommen, so dass mein Hunger verständlich ist. Doch was tun? Außer schimmligen Resten gibt es in meiner ganzen Wohnung nichts, das ich verspeisen könnte. Und beim Biereinkauf vorhin kam mir gar nicht in den Sinn, zusätzlich noch etwas Essbares mitzunehmen, nicht mal eine Tüte Chips. Jetzt stehe ich vor leeren Schränken, und der Magen hängt mir bis in die Kniekehlen. Wie himmlisch es doch wäre, zum Bier noch eine schmackhafte Mahlzeit zu mir zu nehmen! Ich sehne mich so sehr nach einer warmen und deftigen Speise, dass ich beschließe, eine Pizza bei einem Lieferservice zu bestellen. Ein Vorhaben mit einem nicht unerheblichen Risiko, denn es beinhaltet eine potenziell gefährliche Interaktion mit Vertretern der Außenwelt. Ein Risiko, das ich in Kauf nehmen muss, will ich nicht den ganzen Abend mit quälendem Hunger darben. Schnell krame ich das Telefonbuch hervor und wähle die Nummer eines nahen 24-Stunden Lieferservices. Und auch wenn es mir am Telefon furchtbar schwer fällt, meine Bestellung und Lieferadresse halbwegs verständlich zu artikulieren, scheint der Mann am anderen Ende der Leitung alles verstanden zu haben. Nun brauche ich nur noch zu warten. Zuvor muss ich unbedingt noch saubere Kleidung anziehen, um dem Pizzaboten nicht nackt entgegentreten zu müssen.

Nach einer weiteren goldenen Dose klingelt es an der Tür. Langsam erhebe ich mich aus dem Sessel, stolpere zur Sprechanlage und hauche ein tonloses „Hallo" in den Hörer. Ich drücke den Türöffner und warte, bis der Bote an meiner Tür angekommen ist. Ich muss mich sammeln, denn es dürfte mir nicht leicht fallen, die Pizza entgegenzunehmen und den Mann zu bezahlen. Eine einfache Interaktion, die in meinem aktuellen Zustand jedoch nicht reibungslos über die Bühne zu bringen ist. Nun stehen wir uns gegenüber. „Guten Abend, ihre Pizza bitte", sagt der Mann. Ich staune ein wenig, denn er trägt weder Dienstkleidung noch ein Namensschild. Aber er scheint echt zu sein, denn wie hätte er sonst von meinem Pizzawunsch erfahren sollen? Während er mir die Pizza übergibt, schaut er neugierig durch den Türspalt. Herumliegende Flaschen und Klamotten sowie übler Uringeruch scheinen ihn dahingehend zu informieren, dass diese Wohnung nicht unbedingt den bürgerlichen Normvorstellungen entspricht. Das verunsichert mich deutlich. Ich werde nervös und fahrig, bekomme Schwierigkeiten mit der ohnehin schon beeinträchtigten Artikulation meiner Worte. Fast schon ausgestotterte Silben entfahren meinen Lippen, wirr und ohne Zusammenhang. Dabei habe ich nur fragen wollen, was ich ihm schuldig bin. Das Bemerkenswerte daran ist, dass mein Gehirn völlig intakt zu sein scheint, denn in Gedanken kann ich die Sätze tadellos ausformulieren, bloß eben nicht verbal, also handlungsseitig. Außerdem stelle ich bestürzt fest, dass mein hirnloses Gestammel nicht im Ansatz den ausgedachten Sätzen entspricht. Den bohrenden Blicken des Pizzaboten ausgeliefert, fällt auch noch der allerletzte Rest meines Selbstbewusstsein wie ein Kartenhaus in sich zusammen. Fast schon komme ich mir vor wie ein Kalb vor seinem Schlächter, nur dass dieser ein harmloser, wildfremder Mitmensch ist, der mir den tödlichen Bolzen ins Hirn treiben muss, ohne überhaupt davon zu wissen. Mein rasanter Fall aus den höchsten Sphären meines alkoholgesegneten Bewusstseins verursacht ein Gefühl des Schwindels. Mir ist, als würde ich jeden Moment ohnmächtig zusammenbrechen und kollabieren. Mein ohnehin schon stark angeschlagenes Selbstbild hat einen so schweren wie unvorhergesehenen Dämpfer erlitten, dass der einzige Ausweg aus der Schmach das

Abschalten des Bewusstseins, also die Ohnmacht ist. Aber ich werde nicht ohnmächtig, sondern stehe leicht schwankend aber heftig schwitzend in der Wohnungstür und schaue auf mein staunendes Gegenüber. In den wenigen Sekunden, in denen sich unsere Blicke treffen, tauschen wir Unmengen an Informationen über einander aus. Wir legen unsere Positionen in der Gesellschaft fest, versuchen zu verorten, wo wir hingehören. Dabei will es mir einfach nicht gelingen, dieses bohrende Gefühl meiner tiefen Unterlegenheit zu bekämpfen, denn weit unten in meinem Inneren schlummern noch Überbleibsel jener Wertvorstellungen, die ich verinnerlicht habe, als ich noch ein bürgerliches Leben führen musste.

Der Pizzabote durchbricht das Schweigen, indem er mich fragt, ob es mir gut ginge und ich Hilfe bräuchte. Mit dem zusammengekratzten Überrest meiner letzten Geistesgegenwärtigkeit gelingt es mir, diese Frage zu verneinen, ihm sein Geld zu geben und ihn schnell zu verabschieden. Wie eine Ratte oder ein Frettchen ziehe ich meine Beute in meinen Bau und verschanze mich hinter der Tür. Noch immer fühle ich mich, als würde ich in jedem Augenblick mein Bewusstsein verlieren. Zur Sicherheit gehe ich in die Hocke und höre zu, wie das Blut durch meinen Schädel rauscht. Langsam normalisieren sich die Körperfunktionen wieder und ich kann langsam aufstehen. Noch fünf Schritte, dann lasse ich mich in den Sessel fallen, wo ich die gummiartige Pizza hastig verschlinge. Mit den bloßen Fingern stopfe ich das Zeug in meinen Mund, kaue, würge und kaue. Vom erhofften Genuss keine Spur, es wird einfach nur runtergeschlungen. Ab und zu misslingt mir die Koordination zwischen Speise- und Luftröhre, was jedesmal einen ausgedehnten Hustenanfall mit weit in den Raum gespienem Pizzamatsch bedeutet. Vollgefressen massiere ich meinen schwabbeligen Bauch, nehme einen sehr tiefen Schluck aus der Dose und rülpse schallend in den Raum, wobei das Aroma von Tomatensoße mit Oregano als säuerlich-würziger Nachgeschmack mit hinausgetragen wird.

Immerhin, das Rülpsen lenkt mich erfolgreich von meinem eben erlebten Versagen ab. Mehr noch, es belustigt mich sogar so nachhaltig, dass ich mit weit aufgerissenem Mund jeden Rülpser lautstark aus der tiefer Kehle entlasse.

Nacktschichtzulage

Durch das zügige Austrinken der Flaschen sowie das lustige Herumgerülpse ist es mir gelungen, meinen Zustand wieder soweit ins Lot zu bringen, dass meine schmachvolle Beklemmung der Vergangen- und Vergessenheit angehört. Ein Blick in meinen Beutel ergibt, dass mir nur noch drei Dosen bleiben, um diese Nacht zu verschönern. Drei Dosen Starkbier sind besser als nichts, dürften aber nicht einmal Ansatzweise genügen, das ersehnte Hochgefühl von

Erhabenheit und Auserwähltheit zu erzeugen. Ein erneuter Marsch zur Tankstelle kommt aufgrund der körperlichen Belastung nicht in Frage. Allerdings zeigt mir ein Blick auf die Uhr, dass die Nacht noch jung ist. Viel zu jung, als dass ich als durstiger Mensch mit drei lächerlichen Bierdosen auskommen könnte. Weil ich bereits ziemlich angetrunken, ja sogar beachtlich voll bin, wäre es vielleicht möglich, dass mir die Menge genügt. Sicher bin ich mir aber lange nicht, vor allem wegen der riesigen Leistungsfähigkeit meiner Leber, die meinem angestrebten Hochpegel mit beinharter Konsequenz entgegenarbeitet.

Alles Gedanken, die mich unendlich anstrengen. Warum muss der Mensch denn nur unablässig Entscheidungen treffen? Warum muss er sich stets und ständig mit unbefriedigenden Lebensumständen herumschlagen, denken, planen, entscheiden und handeln? Warum gibt es niemals die wohlverdiente Ruhe? Ich muss schon wieder pinkeln. Doch ich habe es mir in meinem Sessel gerade so schön gemütlich gemacht. Nein, ich will nicht aufstehen und aufs Klo gehen, will mich nicht mehr den elenden Zwängen dieser Welt und meines Körpers beugen. Überhaupt geht mir dieses andauernde Gepisse, diese immerzu bis obenhin volle Blase, gehörig auf die Nerven. Und deshalb will ich ein Zeichen setzen für die Freiheit von allen Zwängen, seien sie nun weltlicher oder körperlicher Natur. Genau, so muss es sein! Ich lasse mich nicht mehr von meiner Blase auf die Toilette zwingen, nein, ich kann die Pisse auch hier in meinem

Polstersessel herauslaufen lassen. Und so gebe ich einfach dem Drang nach und pinkele im Sitzen. Der warme Urin benetzt das Polster und wird von ihm aufgesogen. Wie schön es doch ist, den Widrigkeiten der Welt Paroli zu bieten. Ich muss nicht mehr alles unhinterfragt hinnehmen, ich kann enge Grenzen ausloten, entfernte Horizonte überschreiten, kann mein Bewusstsein erweitern und meine Persönlichkeit entwickeln. Fortan wird mein Leben freier sein, weil ich mich des Zwanges entledigt habe, bei jedem Blasendruck einen zugewiesenen Raum für meine Verrichtungen aufsuchen zu müssen. Stück für Stück lasse ich so mein altes und unperfektes Leben zurück und wende mich einer neuen Existenz voller Glück und Freiheit zu.

Es ist tatsächlich nicht unangenehm, in einem nassen, weil uringetränkten Sessel zu sitzen. Mit jeder neuen Ausscheidung gelangt zudem ein neuer Schub wohliger Wärme an meine Haut. Ich freue mich und öffne die drittletzte meiner Dosen. Während ich das Bier in tiefen Zügen in mich hinein sauge, genieße ich die Dekadenz meines Tuns. Sämtliche Schranken sind gefallen, was mir das Gefühl einer fortgeschrittenen Freiheit vermittelt. In meinem Magen hat sich in der Zwischenzeit wieder der übliche gewaltige Gasdruck angesammelt, der vehement an die Pforte zur Außenwelt klopft. Ich gewähre ihm Auslass und bereite den sich anbahnenden Rülpser mit einer leicht aufgerichteten Körperhaltung vor. Ich ziehe meinen Kopf zurück, reiße den Mund weit auf, klopfe unterstützend auf den Bauch, wobei ich spüre, wie sich ein unfassbares Gasvolumen seinen Weg vom Magen zur Kehle bahnt. In freudiger Erwartung verharre ich in dieser besonderen Sitzposition, bis es den aufgestauten Gasmassen gelungen ist, sich durch den Mageneingang bis zur Kehle vorzuarbeiten. Nun bäume ich mich ein wenig auf, spüre, wie sich die Faulgase bitzelnd zu meinem Mund fortbewegen. Mit allen Muskeln des Zwerchfells presse ich beständig nach und schreie das komplette Gasvolumen auf einmal ins Zimmer hinaus. Mir ist es nicht möglich, diesen Vorgang zu unterbrechen. Ich will es auch nicht, denn zu herrlich ist das brüllende Gurgeln in Verbindung mit der unendlichen Entlastung der Magenwände. Ein paar feste Bröckchen sind mit hinaufgerissen worden und kleben an den Zähnen. Ich rotze sie einfach hinaus, denn die säuerlichen Speisereste stören mein Wohlbefinden.

Doch einige der Klumpen sind viel größer, als ich gedacht habe. So leicht lassen sie sich auch nicht ausspucken, denn irgendwelche schleimigen Fäden haben sich hartnäckig zwischen meinen Zähnen verfangen. Jetzt habe ich das sehnige Zeug zwischen den Lippen und kann es einfach nicht loswerden. Der Ekelkram aus meinem Magen hat sich hartnäckig in meinem Mund eingenistet. Was zum Teufel habe ich denn gegessen? Die Pizza kann es nicht gewesen sein. Ich kann mich nicht erinnern, dass dieses Zeug auf der Pizza gewesen ist. Vielleicht ist es ja ein Teil der Galle, der Milz, der Blase, der Bauchspeicheldrüse, der

Leber oder irgendeines anderen abartigen Gekröses, das wegen des ständigen Alkoholkonsums beleidigt den Dienst quittiert hat. Wie widerlich. Unwillkürlich versuche ich den anderen Weg und schlucke den knubbeligen Wabbelkörper herunter. Aber auch das klappt nicht so richtig. Was folgt, ist ein Würgen, das sich rasant ausbreitet und in einen spontanen Brechreiz mündet. Mein gefüllter Magen krampft sich schlagartig zusammen, presst seinen brodelnden Inhalt nach oben. Erschrocken, fast schon entsetzt, gaffe ich mit tropfenden Lippen auf die gelbbraune Brühe, die fast zwei Meter weit in den Raum gespritzt ist. Auch mein Körper ist besudelt, und von meinem Mund tropft dünnflüssige Kotze auf die Knie. Unfähig mich zu regen, sitze ich so erstarrt in blankem Entsetzen in meinem schönen Sessel, während mein Blick das soeben ausgespiene Zeug begutachtet. In der stinkenden Brühe lassen sich noch gut Teile des Pizzabelags ausmachen. Kaum vorstellbar, dass diese matschigen Bröckchen noch vor kurzer Zeit eine leckere Pizza gebildet haben. Ob man sie womöglich reinigen und ein zweites Mal essen kann? Selbst für mich unvorstellbar.

Obwohl es mir zutiefst zuwider ist, muss ich meine bequeme Sitzposition verlassen. In den Sessel zu pinkeln und in der Seiche zu sitzen, ist ein Zugewinn an Freiheit. Für Kotze trifft das aber nicht mehr zwingend zu, denn Gestank und Anblick sind einfach zu ekelhaft. Also bleibt mir keine andere Wahl, als zu putzen. Mühevoll stehe ich auf, hole einen Eimer mit

Wasser und ein paar Lumpen und mache mich ans Werk. Auf Knien krieche ich über den Boden und reibe die Kotzreste aus dem Teppich. Da ich nicht allzu viel Übung im Putzen habe, gebe ich auf und beschließe, die Kotze besser eintrocknen zu lassen. Dann kann ich sie morgen einfach rausbürsten.

Der Kotzanfall hat mich nachdenklich gemacht. Aber was mir die meisten Sorgen bereitet, ist die große Menge an nutzlos ausgespienem Bier, das so niemals die Chance hatte, auch nur in die Nähe meines Blutkreislaufs und damit ins Gehirn zu gelangen. Bestimmt eine halbe Dose Starkbier wurde nutzlos vergeudet, einfach ausgespien, was wegen meiner geringen Vorräte schon eine fortgeschrittene Verschwendung bedeutet. Um meine Nerven zu beruhigen, trinke ich die Dose leer und verweile noch ein wenig auf dem Boden. Auf dem Teppich hockend atme ich eine feuchte und säuerlich nach Kotze riechende Luft ein. Nachdenklich streiche ich über mein Kinn und popele dabei einige eingetrocknete Reste Kotze ab. Es ist erst kurz vor ein Uhr, also liegen noch viele Stunden vor mir - und diese wollen in der höchsten Vollendung fortgeschrittener Trinkkultur verlebt werden. Dass ich dazu vielleicht noch einmal das Haus verlassen und Getränke besorgen müsste, ist die Kehrseite der Medaille. Es gibt jedoch eine ganze Reihe schwerwiegender Gründe, die mich daran hindern, hinaus zu gehen und mich unter Menschen zu begeben. Mein Pegel ist zwar hoch, aber nicht hoch genug, um mich infolge der Erweiterung meines

Bewusstseins unverwundbar zu fühlen. Zu groß wäre die Gefahr, von irgendjemanden angesprochen zu werden und nicht richtig reagieren zu können, vielleicht sogar vollgeseicht ins Stammeln zu geraten. Nein, einem solchen Risiko darf ich mich keinesfalls aussetzen.

Der Inhalt der vorletzten Dose verkleinert sich in beängstigender Geschwindigkeit, eine Lösung meines Problems liegt in weiter Ferne. Es hilft nichts, ich muss unverzüglich handeln. Da fällt mein Blick auf den mitgelieferten Bestellzettel des Pizzaservices. Angestrengt tastet sich mein Blick durch die Zeilen, bis er auf einem kleinen Nebensatz hängenbleibt. Und da steht tatsächlich, dass ab einem Bestellwert von 30 Euro eine Flasche Chianti gratis geliefert werde. Und auch, dass der Lieferservice rund um die Uhr arbeite. 30 Euro, das entspricht etwa vier Pizzen. Die könnte ich mir für die nächsten Tage aufheben und müsste nicht einmal einkaufen gehen. Bleiben also nur zwei Hürden: Zuerst muss ich die telefonische Bestellung hinkriegen, dann muss ich den Pizzaboten empfangen und bezahlen. Erschwerend kommt hinzu, dass es vielleicht sogar der selbe Bote von vorhin sein kann. Was er dann wohl angesichts meiner Bestellung denken würde? Vier Pizzen und eine Flasche Wein für einen einzelnen Menschen? Vielleicht sollte ich besser eine Pizza und vier Flaschen Wein bestellen, dann wäre ich auf der sicheren Seite. Aber dann würde man am anderen Ende der Telefonleitung gleich wissen, was Sache ist. Egal, auf solche Erwägungen darf ich keine Rücksicht nehmen. Eine andere Wahl habe ich nicht. Ich nehme noch einen tiefen Schluck aus der Dose, bevor ich die Nummer des Pizzaservices wähle und warte, bis abgehoben wird. Ich konzentriere mich auf das Geschehen an der Hörmuschel, während sich eine männliche Stimme mit italienischem Akzent meldet. Ich hole tief Luft und bin hochkonzentriert. Dann äußere ich souverän meinen Wunsch, und zwar ohne zu stottern oder zu nuscheln. Sogar die vorsichtige Nachfrage nach dem Gratis-Chianti kommt mir sonor über die Lippen und wird mit einem lässigen „Si senor" beantwortet. Die Telefonseelsorge könnte meiner Seele nicht zu mehr Heil verhelfen. In der allergrößten Freude, die ein Mensch in dieser Lage empfinden kann, leere ich die vorletzte Dose und erwarte sehnsüchtig den Boten.

Mit einem Male aber fährt ein heftiger Schreck durch meine Glieder. Geld, ich habe doch kein Geld zuhause. Mein Portemonnaie ist gähnend leer, und ich muss doch die teure Bestellung bezahlen. Doch mir ein bleibt noch ein wenig Zeit. Nicht weit vom Haus entfernt befindet sich ein Geldautomat, es sind nur ein paar Minuten Fußweg. Wenn ich mich beeile, kann ich in zehn Minuten wieder zurück sein, noch vor dem Pizzaboten. Gedacht, getan. Schnell ziehe ich trockene Klamotten an und torkele aus der Wohnung. Mein immenser Alkoholpegel macht sich nun, nach der langen Zeit des regungslosen Herumsitzens, wieder deutlich bemerkbar. Es ist schwierig, auf den Beinen zu bleiben und aus der Türe zu treten. Beim ersten

Anlauf pralle ich gegen den Rahmen, dann aber gelingt es mir, die Wohnung zu verlassen. Unsicher taste ich mich durch das stille Treppenhaus, halte mich dabei gut am Geländer fest, um nicht etwa zu fallen. Zum Glück ist es schon sehr spät und niemand mehr unterwegs. Nicht auszudenken, wenn ich in meinem jetzigen Zustand einem Nachbarn oder Passanten begegnen würde. Aber Treppenhaus und die Straße sind menschenleer. Wie friedlich die Welt doch sein kann.

In ausladenden Schlangenlinien schlendere ich über den Bürgersteig. Gelegentlich schlagen meine Sinuskurven zu weit aus und ich pralle gegen geparkte Autos, Zäune oder Häuserwände. Mein Gesichtsfeld hat sich bereits so weit eingeengt, dass ich die Welt nur noch als verschwommenen Punkt wahrnehmen kann. Trotzdem gelingt es mir, den Geldautomaten zu finden. Fahrig fingere ich die EC-Karte aus der Tasche und stecke sie mit einer recht umständlichen Handverkrampfung in den Eingabeschlitz. Dieses Gerät gleicht einem Wunder der Technik. Mir ist es unbegreiflich, wie dieser Kasten anhand meiner kleinen Plastikkarte wissen kann, ob ich würdig genug für den gnädigen Erhalt der erflehten Geldauszahlung bin. Dieses Gerät ist so gut wie allwissend, und es weiß insbesondere, dass es zurzeit eher schlecht um meine finanzielle Leistungsfähigkeit bestellt ist. So bleibt mir nur, auf seine Barmherzigkeit zu hoffen. In einer gespenstisch anmutenden Weise verschwindet meine Karte im Schlitz der Maschine. Ein leichtes

Rattern signalisiert mir, dass der Automat in diesem Moment alle Daten über mein Leben aus einem gigantischen Netzwerk saugt und sein gerechtes Urteil über mich fällt. Ich gebe meine Geheimnummer ein und erflehe einhundert Euro. Dabei muss ich mein linkes Auge geschlossen halten, um die Tasten trotz meines Doppeltsehens zu treffen. Wieder rattert es. Mir wird schwindelig. Mit demütig gesenktem Kopf klammere ich mich an der Konsole fest, während meine Augen gebannt den Bildschirm fixieren.

Verschwommen tanzen bedeutungsvolle Sätze und viele bunte Symbole vor meinen Augen. Mein Atem geht schwer, auf der Stirn bilden sich Schweißtropfen. An der Angst kann es jetzt aber nicht liegen, dass mir die Beine weich werden. Immer mehr schwinden mir die Sinne, ich kann mich kaum mehr halten und sacke immer weiter in mich zusammen. Zur gleichen Zeit ist der Automat mit seinen Erkundungen zu einem Ende gekommen und spuckt fünfzig Euro aus. Nur fünfzig! Die geforderten einhundert Euro verweigert er mir mit dem Hinweis auf mein überzogenes Konto. Es gelingt mir gerade noch, den Schein zu greifen, bevor ich am Boden angelangt bin und nur noch schwarze Pünktchen sehe. Mein Kreislauf hat mir gerade übel mitgespielt und mich auf den Boden gezwungen. Alle Kräfte haben mich verlassen, während ich vor dem allmächtigen Apparat liege und hilflos in den Himmel starre. Unfähig mich zu bewegen, muss ich warten, bis sich meine Körperfunktionen wieder soweit erholt haben, dass ich aufstehen kann. Nach endlosen

Minuten wird mein Gehirn wieder mit Blut und Sauerstoff versorgt. Langsam richte ich mich auf, gehe in die Sitzposition. Dort verweile ich noch ein wenig, komme wieder zu mir, bevor ich in einem furchtbar umständlichen und langwierigen Prozess versuche, wieder komplett auf die Beine zu kommen. Endlich stehe ich aufrecht. Nur mit meiner Hose scheint etwas nicht in Ordnung zu sein. Wieder klebt es im Schrittbereich, zur Kontrolle taste ich ihn ab. Kein Zweifel, ich habe geschissen. Schon wieder die Hose vollgekackt. Wo kommt bloß dieser ganze Dünnschiss her, wieviel kann ein armer Mensch überhaupt an einem Abend scheißen, frage ich mich. Während meines Kreislaufzusammenbruchs muss ich ganz sicher die Kontrolle über meinen Schließmuskel (*Musculus sphincter ani extremus*) verloren und mich eingekotet haben. Schweiß- und scheißgebadet stehe ich zögernd vor dem Geldautomaten. In diesem Moment dürfte wohl gerade der Pizzabote vergeblich an meiner Tür klingeln. Zu viel Zeit hat mich der Zusammenbruch gekostet. Und was wäre, wenn ich zeitgleich mit ihm meine Wohnung erreichen sollte? Meine stinkende Hose würde ihm bestimmt nicht entgehen. Nein, nach Hause darf jetzt unter keinen Umständen gehen. Und obwohl mir etwas Durchfall unter der Hose am Bein herunterläuft, fasse ich den Entschluss, noch einmal die Tankstelle aufzusuchen. Er ist aus der reinen Not geboren, denn ich habe schlicht und ergreifend keine andere Möglichkeit, an Alkohol zu kommen. Die menschenleere Straßen bekräftigt mich in meinem Entschluss. Die Nacht ist noch viel zu jung, und ich brauche nur mit dem Tankstellenmenschen ja nur in einen ganz flüchtigen sozialen Kontakt treten. Anschließend werde ich außer meinem Bier nicht nur meine wohlverdiente Ruhe, sondern auch wieder das ersehnte Hochgefühl haben. Also mache ich mich mit vollgeschissener Hose auf den Weg zur Tanke.

Nach den ersten einhundert Metern geht es mir langsam wieder besser. Mein Kreislauf hat sich weitgehend normalisiert, einzig die vollgekackte Hose stört beim Gehen. Durch die zusätzliche Portion Dünnschiss an der Innenseite ist sie spürbar schwerer geworden, so dass ich sie am Gürtel nach oben ziehen muss. Dabei reibt der Kot zwischen meinen Pobacken, was mit der Zeit fürchterlich zu jucken beginnt. Ich kann nicht anders und muss ständig mit den Fingern tief unten in der Rille kratzen, was immer wieder eine wahnsinnige Erleichterung ist. Nach einigen Minuten des strammen Fußmarsches kündigt sich wie ein Silberstreif am Horizont die Tankstelle mit ihren bunten Lichtern an. Zu meinem allergrößten Glück ist der Verkaufsraum nachts geschlossen, so dass ich meine Bestellung durch eine Luke abgeben muss. So kann der Tankstellenmann auch nichts von Geruch und Aussehen meiner Hose mitkriegen. Um einen reibungslosen Bestellvorgang zu gewährleisten, bringe ich meine Stimme durch kurze sonore Sprachfetzen in Form. Kurz vor Erreichen der Tanke bleibe ich für einen kurzen Moment stehen, um mich zu sammeln. Es fällt mir nicht leicht, das Gleichgewicht zu halten.

Trippelnd wippe ich von einem Bein aufs andere. Das Jucken zwischen den dreckigen Pobacken verwandelt sich langsam in ein Brennen. Entschlossen sammele ich all meinen Mut, um dem Verkäufer mit einer angemessenen Portion Selbstsicherheit gegenüber zu treten. Dann schreite ich erhobenen Hauptes auf den Nachtschalter zu.

Mir scheint, als entdeckte ich einen leichten Ausdruck verhaltener Verwunderung in den Augen des Mannes. Anscheinend haben meine Bemühungen, die Höhe meines Alkoholpegels zu verbergen, nicht gefruchtet. Egal, er ist ein elender Angestellter im Service, er hat mich als potenten, zahlungskräftigen Kunden gefälligst zuvorkommend und höflich zu behandeln. Er muss mich nach seinen besten Kräften bedienen, er darf es sich nicht einmal ansatzweise anmerken lassen, wenn ihn irgend etwas an mir stören würde. Er hat mich mit größtmöglicher Servilität zu behandeln, da ich der Kunde bin, mit dessen Geld er letzten Endes sein bescheidenes Leben am Laufen hält. Beinahe hebt die Tatsache, dass mir dieser niedere Angestellte regelrecht zu Diensten sein muss, dass er eben auf der anderen Seite des Nachtschalters steht, mein angegriffenes Selbstbewusstsein merklich an. Klar, er ist auch ein privater Mensch mit all seiner Subjektivität und mag mich durchaus verachtenswert finden. Aber als Angestellter verrichtet er hier seinen gottverdammten Dienst. Hier hat er zu funktionieren und Kundenwünsche zu erfüllen. Hier muss er mir devot zu Diensten sein, hier bin ich sein Herr.

In betont aufrechter Haltung stelle ich mich vor den Nachtschalter (der *Nacktschalter* wurde meines Wissens noch nicht erfunden), beuge mich ein wenig zum Loch mit dem Mikrofon herunter und stammele erstaunlich mühselig meine Bestellung hinein. Der Mann auf der anderen Seite versteht mich nicht richtig. Ich wiederhole meinen Satz und schaffe es schließlich, den Verkäufer dazu zu bewegen, mir zehn (!) Dosen Starkbier zu überreichen. Eine andere Zahl konnte ich nicht aussprechen. Die werde ich diese Nacht sicher nicht mehr alle trinken können, aber was man hat, das hat man. Sicher ist sicher. Lieblos verlangt der Mann knapp 25 Euro für die Ware. Nicht billig, aber was bleibt mir übrig in der tiefen Not? Trotz dieser Lieblosigkeit ist der Handel perfekt. Ich krame die Dosen aus dem Schubfach, steckte sie in sämtliche Taschen meines Anoraks und mache mich auf den Heimweg. Eine Dose öffne ich an Ort und Stelle, trinke gierig ihren Inhalt aus. Die Kacke in meiner Hose scheint langsam trocken zu werden, auch hat das fürchterliche Jucken nachgelassen. Trotzdem reibt es immer noch höllisch an meinen mittlerweile wunden Pobacken. Schade, dass ich noch kein Pflegefall bin. Ich würde meinen Aufenthalt in einem Pflegeheim in vollsten Zügen genießen und dem Personal in einer Tour das Interieur vollscheißen. Ich würde mich maximal möglich gehen lassen, wohlwissend, dass es da fleißige Leute gibt, die die Sauerei jedesmal gründlich aufwischen und auch meinen Körper reinigen liebevoll müssen. Leute, die das gründlich gelernt haben und mich von Berufs wegen nicht bestrafen oder ausschimpfen dürfen. Ein Pflegeheim, das wäre das Paradies!

Eine entfernte Turmuhr schlägt zwei Uhr. Bis zum Morgengrauen werde ich also genug Zeit haben, mich noch weiter dem lang ersehnten Zustand des erweiterten Bewusstseins entgegen zu saufen. Freudig trinke ich die Dose leer. Ich weiß schon gar nicht mehr, die wievielte es ist. Vielleicht die zehnte, also ist noch viel Luft nach oben. Zur Besiegelung rülpse ich grollend in die Stille der Nacht.

Sesselpisser

Trotz meines körperlich ein wenig angeschlagen Zustands gelingt es mir, ohne weitere peinliche Zwischenfälle in meine behagliche Wohnung zu kommen. Nachdem die Tür hinter mir ins Schloss gefallen ist, schmeiße ich meinen wegen der vielen Bierdosen sehr schweren Anorak auf den Boden und widme mich zuerst der vollgeseichten Hose. Langsam ziehe ich sie herunter. Mein Blick fällt dabei auf die gleich mit ausgezogene Unterhose, die an der Jeans festgeklebt ist. Beide Hosen sind im Schrittbereich überzogen mit bräunlichen Placken angetrockneten Durchfalls. Selbst für eine hartgesottene Nase wie meine stinkt es erbärmlich. Und ich stelle fest, dass ich das Zeug besser in der Duschkabine ausgezogen hätte, denn jetzt ist mein Teppich voller brauner

Bröckchen. Überall liegen die Köttel herum. Egal, in der Kabine landet nun die kontaminierte Kleidung. Morgen kann ich sie mit der Dusche so lange wässern, bis sie einigermaßen sauber ist. Allerdings brauche auch ich eine Reinigung, denn im Schritt kleben juckende Kackreste, die langsam antrocknen. Einige Haare aus der Poritze sind in dieser gipsartigen Masse eigeschlossen, so dass es bei Ablösen leicht ziept. In der Duschkabine spüle ich meinen Schrittbereich gründlich ab, auch den Sack. Dabei trampele ich auf der verunreinigten Kleidung herum, um den Dreck auf diese Weise besser lösen zu können. Das warme Wasser belebt meinen strapazierten Körper. Es ist, als kehrten längst verloren geglaubte Lebenskräfte in die geschundenen Fasern meines Leibes zurück. Um diese angenehme Wirkung noch zu verstärken, erhöhe ich die Temperatur des Wasser bis ans Unerträgliche. Schwaden von dichtem Wasserdampf vernebeln das komplette Badezimmer. Anschließend greife ich nach einer Flasche Duschgel und seife meinen Körper von oben bis unten ein, insbesondere die Region um den Schritt. Was für ein wunderschönes Wohlgefühl! Dieses ausgedehnte Duschbad hat nicht nur die Aufgabe, meine Haut von Kacke und Schweiß zu reinigen. Es soll mich darüber hinaus auch rituell von allen unreinen Gedanken befreien, die vor allem durch Erinnerungen an mein früheres Leben und überkommene Vorstellungen an einen der Norm entsprechenden Lebensstil verursacht werden. Selbst heute, nach einer langen Phase der Veränderung, kommen gelegentlich noch arge Selbstzweifel an die

Oberfläche meines oft stark veränderten Bewusstseins, wo sie keinesfalls etwas zu suchen haben. Doch das angenehme Duschbad hat mir in meiner derzeit ein wenig krisenhaften Gemütsverfassung geholfen, lästige Zweifel und ähnlich störende Gedanken zu zerstreuen.

Sauber, zufrieden und nackt kehre ich in meinen Sessel zurück. Dort lasse ich mich in das mit Urin getränkte Polster fallen, das zum Glück schnell meine Körpertemperatur annimmt. Geschwind öffne ich eine goldene Dose und sauge ihren Inhalt gierig in mich hinein. Der Pegel ist schon wieder zu weit abgesunken und muss dringend angehoben werden. Von Zeit zu Zeit stosse ich auf, ansonsten mache ich nichts weiter, als mich der schleichenden Wirkung des Bieres hinzugeben.

Fast regungslos sitze ich im Sessel und starre vor mich hin. Dabei fixiere ich die Fensterscheibe, durch die die Lichter einiger entfernter Straßenlaternen fallen. Im Gegensatz zu meiner körperlichen Starre arbeitet mein Gehirn unter Hochdruck. Ich denke nicht einmal zielgerichtet an einen bestimmten Gegenstand, sondern es blitzen eher kurze, dicht aufeinander folgende Gedanken ohne irgendeinen Zusammenhang. Sie erscheinen aus dem Nichts, verweilen für einen winzigen Moment, um dann sogleich wieder zu verschwinden. Einige davon handeln von meiner nahen Zukunft, die mal düster, bedrohlich und leer, dann aber wieder heroisch und segensvoll erscheint. Zwischendurch taucht immer wieder das Gesicht der Verkäuferin aus der Trinkhalle von gestern auf. Es scheint mir fast so, als habe es sich für immer tief in mein Gedächtnis eingegraben. Ich bin mir sicher, dass ihr Bild das letzte sein wird, das ich im Moment meines Todes vor Augen haben werde. Die furchtbare Schmach, die ich durch die Abweisung gestern erfahren musste, scheint sich gänzlich in Wohlgefallen aufgelöst zu haben. Ich bin frei von diesem quälenden Detail der Erinnerung an das Geschehen am Kiosk und kann mich voll den schönen Inhalten hingeben. So kann ich mir in aller Ruhe und ungestört und fernab jeglicher Realität hocherotische Szenen mit dieser wunderbaren Frau ausmalen. Und wer weiß, vielleicht kann ich meine Phantasien ja doch in den nächsten Tagen mit ihr zusammen umsetzen. Mit Entzückung kreisen nun all meine Gedanken um diese Frau aus der Trinkhalle, immer tiefer rückt sie in den Fokus meiner Vorstellungen. Und ganz langsam, fast vorsichtig tastend und noch ein wenig unsicher und unentschlossen, richtet sich mein noch schlaffer Penis auf, reckt Stück für Stück die Eichel in die Höhe. Meine Gedanken beginnen sich zu verdichten, kreisen immer intensiver um eine Reihe interessanter sexueller Praktiken, die ich mit dieser wunderschönen Frau auszuleben gedenke. Nur sie ist dafür geschaffen, keine andere könnte jemals in den Hochgenuss solcher lustvoller Handlungen kommen, die ich an ihr ausführen würde. Je mehr ich darüber meditiere, desto härter wird meine Erektion. Fast automatisch ergreift meine Linke den harten

Schwengel. Es ist eher so etwas wie ein Reflex, keine willentlich gesteuerte Handlung. Ist der Penis erstmal steif, muss er angefasst und gemolken werden. Das war schon immer so. Über Jahre hat sich diese Praxis in mein Gehirn eingeschrieben.

Meine Sexfantasie arbeitet auf Hochtouren. Alle Gedanken beschäftigen sich mit dem rhythmischen Eintauchen meines glühenden Schwanzes in ihre feuchte Scheide. Die Szenerie nimmt vor meinen geschlossenen Augen immer mehr an Gestalt an, wird immer plastischer und greifbarer. Sie steht nackt an den Küchentisch gelehnt vor mir, während ich sie mit meinem prall geschwollenen, pulsierenden Glied kunstvoll bearbeite. Mit jedem harten Fickstoß aus der Hüfte prügele ich ihr ein spitzes Stöhnen aus dem Mund, während ich ihre weichen Brüste stürmisch knete. Immer tiefer tastet sich meine Zunge in ihren Mund, giert nach ihrem Speichel, der in langen Fäden von unseren Lippen trieft. Mit sinnlicher Langsamkeit tasten sich meine Hände an ihrem Körper herab, bis sie jene magische Stelle erreichen, wo sich unsere Geschlechtsorgane leidenschaftlich vereinigen. Mit der Spitze des Zeigefingers massiere ich ihren Kitzler, was sie rasend macht. Ihre Lust steigert sich bis an den Rand der Besinnungslosigkeit. Ich massiere sie bis zur höchsten Ekstase, solange, bis sie mich anfleht, endlich kommen zu dürfen. Doch nicht jetzt, ich lasse sie zappeln, pausiere, lasse ihre Lust eine Winzigkeit abklingen, um sie danach um so höher zu treiben. Unsere schweissnassen Körper reiben immer wilder aneinander, auf meinen Lippen kribbelt das Salz ihrer Haut. Sie windet sich, kann es kaum mehr aushalten, schreit, stöhnt, winselt. Sie muss mit mir gemeinsam kommen, fordert es geradezu in ihrer unendlichen Geilheit. Meine Hand hilft ihr wieder nach, massiert ihr blutrotes Zentrum der Lust, dann verliere auch ich die allerletzte Selbstkontrolle. Unsere Körper pressen sich aneinander, ihr Becken zuckt im Rhythmus ihres nicht enden wollenden Orgasmus, malträtiert dabei alle meine Drüsen mit elektrischen Schlägen. Gleichzeitig explodiere ich in ihr, pumpe mein Sperma aus meinen riesigen Eiern durch die Schwellkörper hindurch tief in ihren Körper hinein, wo es ihre Eierstöcke freikärchert. Ermattet und glücklich sinken wir zu Boden und genießen die Nachbeben unserer Orgasmen. Doch es dauert nur eine Minute, es braucht nur eine Berührung, und schon werden wir wieder geil und geraten gleich darauf in die nächste sexuelle Ekstase.

Ich öffne langsam die Augen und blicke in mein verdrecktes Zimmer. Das fahle Licht einer Glühbirne wirft harte Schatten an die Wand. Mit einem Schlag sind sie wie weggeblasen, diese erregenden Fantasien. Mein Blick fällt auf meinen Penis, der wie eine bleiche Wurst in meiner Hand liegt. Tatsächlich habe ich noch nicht einmal abgespritzt, bräuchte tatsächlich einen neuen Versuch. Richtig steif ist der Pimmel auch schon lange nicht mehr. Ich erhöhe den Faustdruck und die Wichsfrequenz und versuche, noch einmal in die Szene von eben einzutauchen. Aber es gelingt mir nicht. Konzentration und Geilheit sind dahin, ich kann mir nicht mehr auch nur im Ansatz irgendetwas aus diesem Themenbereich vorstellen. Stattdessen spüre ich, wie das Blut aus meinem schrumpfenden Schwanz wieder in den Körper zurückgepresst wird und er immer schlaffer wird. Ich muss bei vollem Bewusstsein miterleben, wie mein so hartnäckig bearbeitetes Gerät müde in sich zusammenfällt. Ich habe versagt, ich schäme mich. Und zwar vor mir selbst. Frustriert beende ich diesen Versuch der autoerotischen Kurzreise und greife nach einer Bierdose. Einige tiefe Schlucke genügen, und mein Frust verschwindet wieder langsam im Nebel meines Rausches. Letzte Reste sexueller Erregung weichen einem störenden Harndrang. Morgen ist auch noch ein Tag zum Wichsen.

Weil der Sessel eh schon nass ist, lasse ich den Urin einfach herauslaufen. Wozu aufstehen und aufs Klo gehen, wenn ich mein kleines Geschäft auch im Sitzen verrichten kann. Ich denke nach. Trotz meines Alkoholpegels ist mir nicht entgangen, dass ich in der jüngeren Vergangenheit schmerzvolle Niederlagen zu verkraften hatte. Die Schmach mit der Blondine, der Rauswurf aus dem Supermarkt, der Ärger mit den Nachbarn, mein körperlicher Zusammenbruch, all das scheint sich zu einer dunklen Wolke zu verdichten, die bedrohlich über meinem Kopf schwebt und aus der in jedem Moment ein Blitz herausfahren kann, der mich niederzustrecken versucht. Grübelnd nippe ich an der Dose. Irgendetwas ist in meinem Leben gründlich schief gelaufen. Zweifellos habe ich einen falschen Weg eingeschlagen und bewege mich immer tiefer in eine Sackgasse hinein. Wie sehr ich mich auch drehe und wende, ich weigere mich beharrlich, meinen abartigen Alkoholkonsum als Ursache meiner bedauernswerten Lage zu erkennen. Zwar macht mir das Saufen nicht nur enorm viel Spaß, sondern es versieht mein eintöniges Leben auch mit einem übergeordneten Sinn. Doch was bringt mir die alltägliche Bewusstseinserweiterung, wenn ich mich dadurch immer weiter von meiner Umwelt entferne und selbst die allereinfachsten Verrichtungen des Alltags nicht mehr richtig hinkriege? Ich habe mein selbstverschuldetes Unglück so weit voranschreiten lassen, dass ich mich bereits in unmittelbarer Nähe zu meinem sozialen und physischen Selbstmord befinde. Mein Ende scheint in eine greifbare Nähe gerückt zu sein. Sollte ich mein Leben nicht endlich in den Griff bekommen, gibt es wohl kein Entrinnen vor dem schmerzvollen Untergang.

Mein Blick fällt auf die Bierdose in meiner Hand. Plötzlich verbinde ich mit ihr nicht mehr die wohligen Stunden des berauschenden Hochgenusses, sondern meinen eigenen Zerfall. Mein früher so blühendes Leben ist gerade im Begriff, sich endgültig zu verabschieden. Mir wird klar, dass ich es zu doll getrieben habe. All meine schönen Fantasien von Erhabenheit und Bewusstseinserweiterung, von Größe, Exzellenz und Unverwundbarkeit, erscheinen mir mit einem Mal als alkoholselige Illusionen, als billige Täuschungen, die einzig nur dazu dienen, meine Charakterschwäche und den sozialen Abstieg zu verdrängen. Ich trinke nicht aus Spaß, sondern um meine Lebensunfähigkeit nicht an der eigenen Haut spüren zu müssen. Doch soviel ich auch getrunken habe - in meinem Unbewussten hat diese Tatsache schon immer einen festen Platz gehabt. Unbewusst deshalb, um mich vor ihrer niederschmetternden Bedeutung für meinen Lebensweg zu schützen.

Vor Verzweiflung und Selbstmitleid kann ich meine Tränen nicht mehr zurückhalten und beginne fürchterlich zu weinen. Warmer Rotz läuft in kleinen Rinnsalen die Wangen herab, während ich aus Leibeskräften heule. Meine Nasenschleimhaut klinkt sich in das Prozedere ein und erzeugt dünnflüssigen Rotz, den ich ständig hochschniefen und ausspucken muss. Ich lasse mich regelrecht in diesen Weinkrampf hineinfallen und lege dabei jegliche Hemmung ab. Mein Körper wird dabei von krampfartigen Wellen durchfahren und geschüttelt, während ich meiner Trauer und meinem Leid freien Lauf lasse. Fast schon genieße ich mein eigenes Elend, diesen bleischwer auf meiner Hühnerbrust lastenden Schmerz. Mit einer theatralischen Geste der Verachtung schleudere ich die Bierdose an die Wand, was meinem Heulkrampf einen weiteren Schub verleiht. Ich weide mich förmlich an meinem Schmerz und zerfließe in süßem Selbstmitleid. Irgendwie unterhält mich dieser ungezügelte Ausbruch negativer Emotionen. Ich bin ein armer Ausgestoßener dieser Gesellschaft, ein

Außenseiter, ein Paria, der vor lauter Verzweiflung über seine verfahrene Situation damit begonnen hat, sich selbst zu zerstören, um auch seine Mitmenschen von ihm zu befreien. Soll man doch sehen, was man aus mir gemacht hat, wenn man meine verweste Leiche eines Tages aus der Wohnung kratzen muss und einem Armenbegräbnis zuführen muss.

Eine gute Viertelstunde dauert mein Weinkrampf, bevor ich mich langsam wieder beruhige. Mit dem Handrücken wische ich mir Tränen und Rotz aus dem Gesicht. Irgendwie fühle ich mich jetzt eigenartig erleichtert, so als ob eine ultraschwere Last von mir genommen ist. Mir ist klar geworden, was ich zu ändern habe, will ich nicht noch tiefer in den Abgrund rutschen. Ab morgen, so beschließe ich feierlich, werde ich keinen Alkohol mehr konsumieren, nie wieder, höchstens vielleicht ein oder zwei Mal im Monat, und dann auch nur mit aller Mäßigung. Ich werde meine Wohnung gründlich reinigen und aufräumen, hie und da ein Bild zur Zierde aufhängen. Ich werde mein Äußeres verbessern und meinen Körper mit Sport und gesunder Ernährung wieder fit und attraktiv machen. Auch an meinem Verhalten werde ich arbeiten, so dass ich meiner Romanze mit der blonden Verkäuferin zu guter Letzt doch noch eine glückliche Wendung verschaffen kann. Um diesen Beschluss feierlich zu besiegeln, erhebe ich mich aus dem Sessel, öffne eine neue Dose Bier und proste feierlich in den Raum. „Ab morgen beginnt ein neues Leben", lautet ab jetzt mein neues Mantra.

Da ich mein neues Leben erst morgen beginnen will, ist es durchaus legitim, den heutigen Tag noch im Stile des alten zu beenden. Mein soeben gefasster Beschluss ermutigt mich sogar, jetzt erst recht zu saufen. Ab morgen ist ja sowieso alles vorbei, ein dicker Schädel, ein flauer Magen und die Erinnerung an einen furchtbaren Rausch mit dem Verlust jeder Selbstkontrolle könnte mich noch zusätzlich von der Schädlichkeit des Saufens überzeugen. Erfrischt durch diese Art der Selbstklärung setze ich die Dose an und trinke sie in einem Zug aus. Ich lasse den Druck aus meinem Bauch entweichen und rülpse kehlig-grollend ins Zimmer. Diese große Portion Bier verbreitet ein wohlig kribbelndes Gefühl in meinem Magen. Ich kann genau spüren, wie der Pegel des Blutalkohols langsam emporsteigt, was ein angenehm warmes Körpergefühl verursacht. Taumelnd gehe ich auf meinen Anorak zu und fingere die nächste Dose aus der Tasche. Ich lasse mich in den vollgepinkelten Sessel fallen, öffne den Alubehälter und trinke seinen Inhalt bis zur Hälfte aus. Fest entschlossen, mich zur Vorbereitung der ab morgen beginnenden Abstinenz in noch nie dagewesener Weise volllaufen zu lassen, genieße ich das leichte Schwindelgefühl in meinem Kopf. Ich habe Schwierigkeiten, Gegenstände zu fixieren und sehe sie doppelt. In meinen Ohren höre ich starkes Rauschen, das aus dem Inneren meines Kopfes stammen muss. Wahrscheinlich wird es durch verdünntes Blut verursacht, das viel zu schnell meine Hirnwindungen fließt. So muss es sein, denke ich mir, ich muss weiter saufen bis zum endgültigen Aus; die

Lichter muss ich mir komplett ausschießen, die Kerzen ausblasen, und zwar mit aller Gewalt. Kein Zögern, keine falsche Vorsicht oder Scheu, ich muss mir mit dem Alkohol die Seele aus dem Leib prügeln.

Ich muss schon wieder pinkeln. Weil ich morgen aber die Wohnung gründlich reinigen möchte, gehe ich dazu auf die Toilette. Sie ist so furchtbar weit weg, es fällt mir schwer, auf den Beinen zu bleiben. Ich habe kaum das Wohnzimmer verlassen, als mir das nächste dümmliche Missgeschick geschieht. Ich kann mein Gleichgewicht nicht mehr halten und kippe vornüber in mein schönes Wandregal hinein, das dabei krachend zu Boden geht. Mühsam erhebe ich mich und stolpere über die herumliegenden Sachen auf dem Fußboden. Die folgenden fünf Meter erfordern meine höchste Konzentration, um nicht noch mehr Mobiliar zu zerdeppern. Endlich kann ich mich auf die Klobrille fallen lassen, wo ich alles laufen lassen kann, das meinen Körper verlassen möchte. Andächtig lausche ich dem leisen, beruhigenden Plätschern. Weil ich mich gerade in der passenden Position befinde, drücke ich noch eine kleine Kackwurst hinterher, der ich beim Blick durch meine leicht geöffneten Beine dabei zusehen kann, wie sie aus dem Po heraus quillt und ins Klobecken fällt. Während ich so dasitze, zieht sich eine bleierne Müdigkeit wie eine Kapuze aus dunklem Samt über mich. Aus den Augenwinkeln sehe ich, wie der Raum um mich herum immer mehr verschwimmt, bis er schließlich ganz weg ist.

Ich stehe bis zur Brust im kühlen Wasser eines Tümpels. Überall sind Algen und Wasserpflanzen, verfaulte Holzreste und Gestein, dazwischen glitschige Fische, Würmer und anderes Getier. Unsicher stehe ich leicht einsinkend auf dem schlickigen Boden, kann kaum das Gleichgewicht halten. Aus dem trüben Dickicht meiner eingenebelten Gedanken tauchen in der Ferne plötzlich die verschwommenen Umrisse geisterhafter Personen auf. Zielstrebig kommen sie auf mich zu, ihr Interesse scheint ausschließlich mir zu gelten, denn sie haben etwas vor mit mir. Ein Floß dümpelt in der Mitte des Tümpels vor sich hin. Meine einzige Möglichkeit der Flucht ist, das Floß zu erreichen. Ich muss durch die Wasserpflanzen, die Algen, den Tang und das ganze eklige Zeug im Wasser schwimmen. Nur dieses Floß kann mich vor den gespenstischen Leuten retten, die unaufhaltsam auf mich zu kommen. Die Wasseroberfläche weist eine eigenartige Krümmung auf. Sie fällt schräg nach vorne ab, so dass ich mich eigentlich wundern müsste. Aber ich nehme das einfach so hin, akzeptiere es mit Gleichmut, mehr noch, die Krümmung ist sogar sehr hilfreich für mich, weil ich zum Floß bergab schwimmen kann. Das ist leichter und geht schneller. Beherzt kraule ich durch die Brühe, treibe jedoch mit einem Mal auf dem Rücken dahin, bewege mich ohne weiteres Zutun auf das Floß zu. Seine Liebe scheint mich anzuziehen, es braucht mich. Dabei verfange ich mich immer wieder im Gestrüpp der Wasserpflanzen. Sie stoppen meine Drift, wollen mich daran hindern, das Boot zu erreichen, um mich den unheilvollen

Gestalten auszuliefern. Panisch schlage ich um mich, reiße mir die Haut an messerscharfen Blättern auf. Ich blute und habe pulsierende Schmerzen. Ich erkenne, dass die gespenstischen Personen schon über dem Wasser sind. Sie gehen einfach darüber hinweg, ohne einzusinken, unterzugehen oder nass zu werden. Wie durchscheinende Jesusse auf Wanderschaft. Und obwohl ich in ihren Gesichtern keine Augen erkennen kann, weiß ich, dass sie mich erfüllt von rasendem Hass anstarren.

Mir schwinden die Sinne und kehren gleich darauf wieder zurück. Ich liege zusammengekauert auf dem Boden neben der Kloschüssel. Benommen starre ich an die Decke und versuche mich zu orientieren. Ich muss auf dem Klo eingenickt und von der Schüssel gefallen sein. Hoffentlich habe ich nicht zu lange geschlafen, denke ich. Mühsam komme ich auf die Beine und schleppe mich ans Wohnzimmerfenster, ich brauche frische Luft. Glück gehabt, es ist noch Nacht. Nicht auszudenken, wenn es schon Morgen wäre und ich kostbare Stunden des Suffs vergeudet hätte. Nur ganz weit hinten am Horizont zeigt sich bei genauem Hinsehen ein violetter Streifen. Ich muss mich beeilen mit dem Trinken, damit ich meinen Vollrausch noch vor dem Morgengrauen vollenden kann. Denn nach Morgengrauen und Ausschlafen beginnt schließlich mein neues Leben. Schnell ist die nächste Bierdose hervorgeholt. Ich fläze mich in den Sessel und lasse das Bier in mich hineinlaufen. Langsam nähert sich mein Pegel den erwünschten Höhen. Trotzdem trinke ich schnell. Es muss rein, auch wenn mein Magen langsam zu rebellieren beginnt. Egal, dies ist der letzte Abend im Suff, morgen soll die Welt komplett anders aussehen. Ein bisschen traurig macht es mich schon, keinen Alkohol mehr zu trinken und diese Welt in all ihrer eintönigen Grausamkeit aushalten zu müssen. Doch ich freue mich auch darauf, endlich wieder körperlich fit zu sein und einen klaren, ungetrübten Verstand zu haben - also so ziemlich das Gegenteil von meinem momentanen Zustand. Mein Magen bereitet mir zunehmend Probleme. Ich muss mich schon fast zwingen, die Dose auszutrinken. Egal, der Alkohol muss rein. Trotz meines Unwohlseins trinke ich das Bier auf Ex aus, denn ich will die zerstörerische Wirkung des Alkohols in vollem Maße erleben. Das wird mir morgen eine gute Erinnerung sein und mir helfen, künftig gesund zu leben. Nach dem Austrinken tritt kalter Schweiß auf meine Stirn. Der Magen krampft sich bedrohlich zusammen, dann muss ich würgen. Schnell stehe ich auf und renne in Richtung Klo, schaffe es aber nicht, mich zu orientieren. Auf eimal weiß ich nicht mehr, wo ich bin und wie ich zur Toilette komme. Ich bin komplett desorientiert, als wäre ich in einer völlig fremden Wohnung. In meiner Not gerate ich in Panik und stürme verzweifelt zum nächstgelegenen Tisch, dann kann ich das Kotzen nicht mehr verhindern. Der schreiend herausgekotzte Schwall bedeckt die Tischplatte von vorn bis hinten. Kraftlos stütze ich mich auf die Arme, lasse Speichel und Schleim aus dem Mund tropfen. Dann krampft mein Magen wieder und presst einen zweiten Schlag

Kotze ins Freie. Ermattet sacke ich in die Knie und falle auf den Hintern. Langsam kommt Erleichterung auf, der Druck im Magen ist verschwunden. Es tropft vom Tisch herunter. Den Inhalt zweier Bierdosen dürfte ich ausgekotzt haben - was für eine immense Verschwendung. Nach einigen Minuten kehren meine Kräfte zumindest soweit zurück, dass ich aufstehen und mich ins Bett schleppen kann. Zu kraftlos bin ich geworden, um weiter zu trinken.

Durch das Fenster fällt schon ein wenig fahles Morgenlicht. Ich schließe die Auge, damit ich es nicht sehen muss. Zur Sicherheit ziehe ich die Bettdecke bis weit über den Kopf. Mir ist, als läge ich auf einer schnell rotierenden Scheibe, wobei mein Puls heftig rast. Irgendwie genieße ich dieses fremdartige Gefühl, das mir signalisiert, nicht mehr von dieser Welt zu sein oder wenigstens den Kontakt zu ihr verloren zu haben. Für mich fühlt es sich ein wenig wie sterben an - schwerelos um die eigene Achse rotierend hinweg zu gleiten und immer mehr Abstand zu den profanen Dingen des Alltags zu gewinnen. Wie schön muss es sein, wenn plötzlich nichts mehr von Bedeutung ist. Wenn Sorgen, Ängste, Hoffnungen, Pläne und Erinnerungen schwinden und im großen Nichts des Todes aufgehen. Wenn es nichts mehr zu bewerten und beurteilen gibt, man von nichts und niemanden mehr bewertet und beurteilt wird, wenn nichts mehr zu glauben, zu erwarten oder zu befürchten ist, dann herrscht die vollkommene Freiheit. Wenn mit dem Bewusstsein endlich auch die permanente Tätigkeit des Geistes erlahmt, schließlich mit dem Unbewussten auch all die übermächtigen schwarzen Schatten verschwinden, bis mit einem Male alles Erleben zum Erliegen kommt, ausgelöscht, abgeschaltet und fort ist. Dieser winzig kleine Moment, in dem das letzte minimale Fünkchen an Geistestätigkeit wie der letzte Rest Glut einer niedergebrannten Kerze erlischt, muss der schönste Moment im Leben sein, nämlich das Sterben.

Am Beginn einer neuen Zeit

Einer der schlimmsten Momente im Leben eines Menschen ist das Erwachen aus dem Schlaf. Oder genauer jener winzige Moment des Übergangs vom Schlaf hin zur ersten Bewusstheit im Prozess des Erwachens. Jener Moment also, in dem sich der schützende Schleier der Bewusstlosigkeit hebt und alle möglichen Gedanken mit der Stärke von Presslufthämmern auf sich aufmerksam machen. Regelmäßig sind Verzweiflung und Sorgen die ersten Regungen im frisch erwachenden Gehirn, gefolgt von Ängsten und einem Gefühl der Hoffnungslosigkeit mit anschließender Leere, das sich wie ein grauer Belag über meine gesamte Gefühlswelt legt. Meist liege ich dann wie paralysiert im Bett, unfähig mich zu bewegen oder auch nur irgend etwas zu tun. Das Erwachen ist der unangenehme Gegenpart zum Tod, die kleine Schwester der Geburt.

Helles Sonnenlicht fällt durch das Fenster auf mein Gesicht und blendet meine müden Augen. Stück für Stück setzt sich mein Bewusstsein wieder zusammen und bringt den kalten Motor meiner verstörenden Gefühle wieder in Schwung, die ich mir gestern so erfolgreich weggesoffen habe. Es überfordert mich, all die hässlichen Dinge des täglichen Lebens tun zu müssen oder mich den vielleicht üblen Konsequenzen meines gestrigen Treibens zu stellen. Mir ist speiübel. In meiner Mundhöhle hat sich ein übelschmeckender Belag ausgebreitet und mein Kopf dröhnt. Aber heute, so fällt mir plötzlich ein, heute soll ja ein neues Leben beginnen! Alkoholfrei, gesund und mit neuer Tat- und Schaffenskraft. Wenn ich die eingefahrenen Gleise des Trinkens verlasse und mich auf den Pfad der Tugend begebe, können mir auch die Schrecken des Lebens nichts mehr anhaben. Und mir ist, als leuchtete zwischen all den trüben und niederschmetternden Gedanken ganz hinten in einer Ecke so etwas wie ein ganz kleiner Funken Hoffnung auf.

Irgendwie ist es feucht im Bett. Vorsichtig taste ich das Bettzeug ab und stelle fest, dass weiter unten alles nass ist. Ich muss im Schlaf ins Bett gepisst haben. Schon wieder. Zum Glück ist die Nässe warm, so dass ich noch nicht sofort aus dem Bett steigen muss. Zu sehr dröhnt es noch in meinem Schädel, eine plötzliche Positionsveränderung wäre zu gewagt. Ich starre an die Zimmerdecke und grübele. Dass ich heute ein neues Leben beginnen möchte, macht mich stolz und sogar ein wenig froh. Ich spüre so etwas wie eine Aufbruchsstimmung hinein in ein ganz neues Leben.

Es ist bereits gegen Mittag, deshalb ich riskiere ich es, aus dem Bett zu steigen. Vorsichtig schlage ich die nasse Bettdecke zurück, wälze mich behutsam herum und stelle die Füße auf den Fußboden. Ganz langsam gehe ich aus dem Sitz in den Stand über, wobei es in meinem Schädel wieder beachtlich zu Scheppern beginnt. Mit unsicheren Schritten wanke ich ins Wohnzimmer, das optisch und geruchsmäßig einer Müllhalde gleicht. Auf dem Boden verstreut liegen Kataloge, Klamotten und zerbrochene Tassen, auf den Tapeten prangen großflächige Bierflecke und der Teppich ist mit einer Kruste halb angetrockneter Kotze überzogen. Mein Lieblingsplatz, der gemütliche Polstersessel, stinkt nach Pisse, auf der durchtränkten Sitzfläche sind deutlich dunkle Bremsspuren und plattgesessene Köttel zu erkennen. Mir ist klar, dass meine Wohnungseinrichtung zu großen Teilen für immer unbrauchbar sein dürfte. Der Sessel hat sich so sehr mit Urin vollgesogen, dass sich einige Nähte im Bezug aufgelöst haben und schimmliger Schaumstoff hervorquellt. Den Teppich kann ich wohl auch nicht mehr lange benutzen, der säuerliche Geruch nach Erbrochenem dürfte nie mehr herausgehen. Auch die Küche sieht nicht besser aus. Auf dem Boden liegen neben Essensresten auch Bierdosen und -flaschen, dazwischen festgetretener Verpackungsmüll. Die Schränke sind weit geöffnet und ihr Inhalt scheint im gesamten Raum verteilt zu sein. Und der Tisch erst. Er ist über und über mit angetrockneter Kotze bedeckt. Es stinkt so erbärmlich, dass ich das Fenster öffnen und lüften muss. Ich kann mich absolut nicht daran erinnern, wie der eingetrocknete Dünnschiss an die Fensterscheibe gekommen ist. Und auf die Heizung. Ich ahne Schlimmes.

Doch heute ist der Beginn meines neuen Lebens, heute feiere ich den endgültigen Abschied von der selbstzerstörerischen Dekadenz der letzten Jahre. Immer noch wackelig auf den Beinen humpele ich ins Bad und lasse mich auf die Klobrille fallen. Es ist Zeit für den Morgenschiss. Viel kommt nicht raus, das meiste ist schließlich im Bett und sonstwo gelandet, ein paar Würstchen kann ich aber rausdrücken. Danach steige ich unter die Dusche und reinige mich ausgiebig mit einem maskulin duftenden Duschgel. Anschließend trockene ich meinen geschundenen Körper ab, putze mir die Zähne und mache mich auf die Suche nach ein paar sauberen Klamotten. Fertig angezogen und gekämmt habe ich langsam das Gefühl, mich wenigstens äußerlich wieder ein wenig meinen Mitmenschen anzupassen. Kritisch betrachte ich mich im Spiegel. Eigentlich bin ich nicht abstoßend oder gar hässlich. Im Grunde sehe ich sogar nicht einmal schlecht aus, sieht man einmal von der aufgedunsenen Gesichtshaut, den vielen Mitessern und der Teleangiektasie ab.

Ein kurzer Blick auf die Uhr sagt mir, dass es früher Nachmittag und damit höchste Zeit ist für Aktivitäten ist. Gleichzeitig mit dem Beginn meines neuen Lebens steht mir heute nämlich noch eine schwere Prüfung bevor - ich muss wegen meines überzogenen Kontos in meiner Bankfiliale Geld erbetteln. Was für ein furchtbarer Gedanke. Wie ein heruntergekommener Bittsteller werde ich einen mit Anzug und Krawatte bekleideten Schönling um ein paar Scheine anflehen müssen, da ich mir sonst nicht einmal mehr Wasser oder etwas zu Essen kaufen kann. Vielleicht wird er mich als nicht kreditwürdig befinden und höhnisch grinsend fortjagen. Sofort ergreift mich wieder diese tiefsitzende Angst vor allem, was mich da draußen in der feindlichen Welt erwarten könnte. Schon zu lange ist sie die Welt der anderen gewesen. Tummelfeld all jener, die dem Erfolg hinterher jagen, Dinge bewegen und angeregt miteinander kommunizieren. Eine Welt, von der ich mich immer weiter entfernt habe und die nicht mehr die meine ist. Heute ist sie mir so fremd geworden, dass ich kaum mehr dazu in der Lage bin, zu ihr zurückzufinden, um selbst einfachste Dinge zu erledigen. Wenn ich nüchtern bin, habe ich eine panische Angst davor, aus meiner Wohnung nach draußen zu gehen. Denn mit dem ersten Schritt auf den Gehweg vor der Haustür setze ich mich diffusen Gefahren in der bedrohlichen Außenwelt aus. Ungeschützt bin ich von allem und jedem angreifbar, die Gefahr schwebt dann förmlich über meinem Kopf. Ich werde mich Schritt für Schritt wieder daran gewöhnen müssen, mitzuspielen und ein Teil dieser Welt zu werden. Und je mehr Routine ich gewinne, desto weniger Angst muss ich haben.

Doch so schnell geht das nicht. Verängstigt lasse ich mich in einen Stuhl fallen. Unfähig mich zu bewegen, starre ich minutenlang auf den Fußboden. Mir wird bewusst, wie furchtbar verletzlich ich doch geworden bin. Doch tief in meinem Inneren gibt es etwas, das dazugehören, teilhaben und mitmischen möchte. Sehr lange sitze ich regungslos auf dem harten Holzstuhl und betrachte das Muster des Bodenbelags. Noch immer ist mir leicht schummrig vom Saufen, allein mein Restalkohol würde jeden anderen Menschen ins Koma stürzen. Mir ist, als könne ich stundenlang so dasitzen und vor mich hin starren, so als wäre ein Aufraffen zur Tagesaktivität nicht nur unendlich anstrengend, sondern auch unendlich schmerzhaft. Im Grunde könnte ich genau jetzt in diesem Moment mit meinem Leben abschließen und auf den Tod warten. Besser sterben, als die unmenschliche Mühe auf mich zu nehmen und das Haus zu verlassen. Müsste ich jetzt sofort sterben, hätte ich auch einen guten Grund, hier sitzen zu bleiben. Wie es aussieht, sterbe ich aber nicht und muss also rausgehen, da ich dringend Geld benötige. Bereits dieser profane Zwang ist derart deprimierend, dass er mich in diesem Augenblick dazu bringt, meine gesamte Existenz in Frage zu stellen. Denn wem nützt mein Leben, wenn schon nicht mir selbst?

In meinen Därmen rumort es. Vorsichtig drücke ich einen leisen Furz ab, der sich schnell im Zimmer ausbreitet. Ich ziehe den feuchtschweren Geruch genüsslich durch die Nase ein. Schon immer habe ich den Gestank meiner Flatulenzen gemocht. Ich spüre eine schmerzende Traurigkeit über das, was ich in der letzten Zeit alles vollbracht habe. Nach der Kündigung durch meinen Chef habe ich mich eigentlich nur gehen gelassen, habe in den Tag gelebt und meine Zeit hauptsächlich mit Bier- und Weintrinken ausgefüllt. Sicher, es waren viele schöne Momente dabei. Es gab tolle Räusche, an die mich heute noch gerne erinnere. Doch diese Ereignisse wurden immer seltener. Auch das Trinken wurde zur Routine und damit zu etwas Gewöhnlichem. Die Alkoholräusche verwandelten sich langsam in unzulängliche Fluchtversuche aus dem vom Realitätsprinzip dominierten Wachbewusstsein. Die ersehnten Momente der Inspiration, Freude und des Humors stellten sich immer seltener ein. Dafür jedoch wurde mein Leben außerhalb dieser halbgaren Rauschzustände immer unerträglicher, farbloser und niederschmetternder. Was darauf folgte, war die Selbstisolation - und dann schließlich die Angst. Sie wurde zum ständigen Begleiter meines Lebens und hat meine Entscheidungen unmerklich beeinflusst und der Richtung meines Handels einen immer stärkeren Drall gegeben, der mich im Laufe der Zeit dahin gebracht hat, wo ich jetzt stehe. Die Angst hat mich in einem längeren Prozess schleichend und kaum merkbar von ihren Objekten getrennt und ist Stück für Stück eins mit mir geworden. Nur der Alkohol konnte sie zweitweise in Schach halten, als sie sich bereits in mir niedergelassen hatte, trieb mich dafür tiefer in die Selbstisolation. Ein Teufelskreis.

Nun habe ich mich selbst in die Enge getrieben, kann aber beim besten Willen keine Verantwortung dafür übernehmen. Vielleicht ist meine Angst vor der Außenwelt eine Reaktion auf ihren inhumanen Charakter, auf den ständigen Kampf, der dort tobt. Jeder kämpft gegen jeden in einer unmenschlichen Leistungsgesellschaft, die Menschen versklavt und zu bloßem Humankapital entwertet. Das unablässige Bombardement der Propagandamaschinerie trifft die Menschen in jeder Lebenssituation. Es schreibt ihnen vor, wie sie zu sein haben, wie sie denken, fühlen und aussehen müssen, um dazuzugehören. Sie schafft eine Bewertungsskala, anhand derer man sich selbst sowie andere in Sekundenbruchteilen beurteilen kann, ob man innen oder außen ist. Fast alle Menschen vor meiner Haustür haben diese Skala schon soweit verinnerlicht, dass sie ihre Mitmenschen zu jedem Zeitpunkt an ihr messen. Wer auf den unteren Rängen eingestuft wird, wird verächtlich als Abtrünniger angesehen und entsprechend schlecht behandelt. Es ist nichts weiter, als die zeitgemäße Form des mittelalterlichen Prangers, an den man unvermittelt gekettet werden kann. In meiner kleinen Wohnung war ich stets sicher vor der Außenwelt und ihren permanenten Urteilen gewesen. Mit Alkohol konnte ich mich sogar ein wenig gegen sie zur Wehr setzen, ihre Prinzipen entlarven und verspotten.

Was mich schließlich zum Aufstehen bringt, ist ein kurzer Erinnerungsblitz an mein Vorhaben, heute ein neues Leben beginnen zu wollen. Und so beende ich diese stillen Schweigeminuten zu Ehren meines Scheiterns und verlasse zögernd die verwüstete Wohnung. Ich muss mich aufs Stärkste überwinden, die Tür zu öffnen und leise das Haus zu verlassen. Schließlich könnte in jedem Moment ein Nachbar erscheinen und mich zur Rede stellen. Wann endlich wird auch diese Angst verschwunden sein? Ich habe Glück. Draußen empfängt mich die kühle Luft des fortgeschrittenen Herbstes. Es ist seltsam dunkel, wohl wegen besonders dicker Wolken. Ich muss in die Innenstadt und habe einen längeren Fußmarsch vor mir, von dem ich mir ein wenig Linderung meiner körperlichen Beschwerden erhoffe. Noch immer ist mir flau im Magen, auch mein Schädel brummt etwas. Immer schon habe ich die Innenstadt gehasst, weil sich dort das Leben in einer unangenehmen Weise so sehr verdichtet, dass ich mich besonders verloren und ausgestoßen fühlte. An schlechten Tagen ging das manchmal so weit, dass ich mein Körpergefühl verlor und gewissermaßen physisch am Verschwinden war, was ab und an von Ohnmachtsgefühlen begleitet wurde. Irgendwann kam dann die Angst vor der Ohnmacht, später die gefürchtete Angst vor der Angst. Ich lege einen schnellen Schritt ein, denn ich will den unangenehmen Banktermin schnell hinter mich bringen. Nicht auszudenken, wenn ich kein Geld bekäme.

Nach einer knappen halben Stunde strammem Marschierens kündigt sich die Innenstadt durch ein stinkendes Verkehrschaos und von Menschen heillos übervölkerten Gehwegen an. Ich fühle mich schlecht. Es kommt mir vor, als beobachteten mich diese vielen Leute alle aus ihren Augenwinkeln. In meinen Därmen brodelt es wieder, so dass ich mir von Zeit zu Zeit Erleichterung durch leises Furzen verschaffe. Ich muss höllisch achtgeben, dass dabei kein Land mitkommt. Die Gelegenheiten dazu werden jedoch immer seltener, da zu viele Menschen um mich herum sind. Immer tiefer dringe ich in das Straßengewirr der Innenstadt vor, bis ich schließlich ein hypermodernes Gebäude mit verspiegelten Glasscheiben ausmachen kann, in dem sich meine Bankfiliale befindet. Endlich angekommen, bleibe ich eine kleine Weile stehen und drücke vorsichtig einen letzten Furz aus dem Darm. Dann schleiche ich die wenigen Treppenstufen zum Eingang hinauf und betrete den Raum durch eine sich automatisch öffnende Tür. Sofort empfängt mich diese schwere bürokratische Stille. Gedämpft dringen leise Stimmen an mein Ohr, ganz weit hinten klingelt ein Telefon. Eine Bank ist ein moderner Tempel. Hier herrschen Ruhe, Besinnlichkeit und Andacht, hier ist die Verbindungsstelle zwischen niederem irdischem Leben und der überirdischen, alles transzendierenden allmächtigen und alles erfassenden Weisheit des Bankensystems. Ich huldige ihm, indem ich meine Bankkarte in den Schlitz eines Kontoauszugdruckers stecke. Dabei geht es mir nicht darum, Informationen über meinen desolaten Kontostand zu erhalten, sondern vielmehr um die Ausübung eines rituellen Aktes tiefer Demutsbezeugung. Ich verneige mich symbolisch vor der göttlichen Erhabenheit der allmächtigen Bank. Der automatische Gott quittiert meine Ehrerbietung mit der Ausgabe einer Hostie in Form eines Kontoauszugs, den ich aus Gründen der Höflichkeit ausführlich studiere. Ich fange an zu schwitzen. Mein Konto befindet sich so tief in den roten Zahlen, dass ich ernsthaft befürchten muss, heute als Häretiker ohne Geld aus dem Tempel gejagt zu werden. Vorsichtig blicke ich mich um. Irgendwo muss es einen Menschen geben, dem ich mein Anliegen vortragen, bei dem ich die Beichte ablegen kann. Meine Wahl fällt auf einen adrett gekleideten jungen Mann, der hinter einem kleinen Tresen steht.

Langsam, mit demütig gesenktem Haupt, trete ich auf ihn zu. „Guten Tag. Wie kann ich ihnen helfen?", fragt er freundlich. Ich sammle mich, hole tief Luft. „Ich habe ein Problem mit dem Konto." Er schaut mich fragend an, noch kann er nichts über mich wissen. „Was für ein Problem haben Sie denn?" Leise, fast tonlos antworte ich. „Ääh aus dem Automat kam nicht genug Geld." Ich kann die einzelnen Wörter kaum artikulieren, so nervös bin ich, so ungewohnt ist diese Situation für mich, so sehr bin diesem Jüngling ausgeliefert. Ob das Gerät denn defekt war, werde ich gefragt. „Nein, Konto ist überzogen", entfährt es mir zögernd. „Ach so. Und nun möchten sie ihren Dispositionskredit überziehen? Wenn sie mir ihre Kundenkarte geben, kann ich sehen, was ich für sie tun kann", raunt mir der Angestellte zu. Ich tue, wie mir geheißen. Der Mann steckt die Karte in ein Lesegerät und blickt schweigend in einen Bildschirm.

Er zieht die Augenbrauen hoch, kratzt sich an der Stirn und atmet tief ein. Nach einer gefühlten Endlosigkeit wendet er sich mir zu. „Fünfzig Euro kann ich ihnen heute noch einmal mitgeben. Aber sie sollten dringend zusehen, dass sie ihr Minus, also ihr Soll ausgleichen." Mir stockt der Atem, ich kann nicht mehr sprechen und nicke theatralisch. Der Angestellte füllt ein Formular aus, drückt einen Stempel darauf und schickt mich damit zur Kasse. Leise murmele ich einen schwachen Abschiedsgruß, verneige mich und lasse mir das Geld auszahlen. Kaum habe ich den Schein empfangen, eile ich schnellstens zur Tür. Nichts wie raus hier.

Draußen widme ich mich erst einmal meinen Darmdruck, der bedrohlich angestiegen ist. Ich fühle mich alleine, gehe leicht in die Knie und entlasse eine immense Gasmenge in die kühle Herbstluft. Dass ich dabei von einem Kind beobachtet werde, stört mich nicht. Kinder sind noch keine Menschen, ihr Urteil ist mir egal. Langsam geht es mir besser, ich fühle sogar so etwas wie den Anflug einer leichten Zufriedenheit. Immerhin ist es mir gelungen, diesen schweren Gang zur Bank erfolgreich hinter mich zu bringen. Klar, mit der flüssigen Konversation hat es noch ein wenig gehapert. Aber schließlich muss ich mich auch daran erst einmal wieder gewöhnen. Gut Ding will Weile haben, das weiß der Volksmund. Fünfzig Euro habe ich bekommen. Ein wenig Geld, mit dem ich mich ein paar Tage lang versorgen kann. Doch dann fällt mir wieder ein, was der Bankmensch zu mir gesagt hat: ich möge doch bitte zusehen, mein Minus auszugleichen. Wie um alles in der Welt soll ich das machen? Mein bescheidener Regelsatz bringt mich doch kaum durch den Monat. Woher soll ich all das viele Geld nehmen, um mein Konto auszugleichen? Mir wird schlecht und schwindelig. Schnellstens mache ich mich auf den Heimweg, um der Hoffnungslosigkeit zu entkommen, die mich verfolgt.

Nach einer ziemlich langen Weile komme ich an einem heruntergekommenen Discounter vorbei. Ich habe noch nichts gegessen und auch keinerlei Vorräte zuhause. Und da ich mein neues gesundes Leben nicht mit einem leerem Magen beginnen möchte, muss ich ein einkaufen gehen. Langsam schiebe ich den Einkaufswagen durch die Regalreihen und lasse mich inspirieren. Noch habe ich nur eine sehr vage Vorstellung davon, was ich essen und trinken muss, um mich fit und aktiv zu machen. So ungefähr weiß ich, was gesunde Nahrung ist - nämlich in etwa das Gegenteil von dem, was ich in den letzten Jahren in mich hineingestopft habe. Nach und nach füllt sich mein Wagen mit fremdartigen Dingen wie Müsli, Multivitaminsaft und Orangen. Ich bin sicher, dass mir diese Sachen sehr gut tun werden. Wie lange ist es her, dass ich mich bewusst ernährt habe? Dass ich mir Gedanken darüber gemacht habe, was meinen Körper und meinen Geist gesund macht? Ich kann mich nicht mehr daran erinnern. Schnell wird mir klar, dass meine jüngsten Schwächeanfälle, mein ewiges Gepisse und das ständige Kacken und Kotzen auch eine Folge meiner Mangelernährung sein könnten. Wenn ich mich konsequent bewusst ernähre, werde ich schon bald ein deutlich besseres Lebensgefühl haben.

Beschwingt schiebe ich den Einkaufswagen durch die Gänge in Richtung Kasse. Aber nicht auf direktem Weg. Irgendein Impuls zwingt mir einen Umweg auf, und zwar über das Regal mit den Bierdosen. Einen letzten Blick kann ich nochmal auf das abgrundtief Böse werfen, das mein Leben in der Vergangenheit so sehr zugrunde gerichtet hat. Wie schön sie dastehen, die Flaschen und Dosen. Gut sortiert und vorgezogen, ganz so, wie es sich gehört. Auch nicht teuer ist das Bier, es gibt sogar welches für knapp vierzig Cent pro Dose. Kein Vergleich zum teuren Vitaminsaft. Ganz klar dürften die gesunden Sachen im Einkaufswagen einen großen Teil meiner letzten fünfzig Euro kosten. Vor meinem geistigen Auge sehe ich mich gelangweilt an Obst nagen und Multivitaminsaft nuckeln. Ich weiß, ich habe beschlossen, ein neues und gesundes Leben zu führen. Auch habe ich die Gefahren des täglichen Saufens erkannt. Doch muss ich mich ausgerechnet heute ändern? An diesem trüben und nasskalten Herbsttag? Und habe ich mir durch den erfolgreichen Besuch der Bank nicht auch eine Belohnung verdient? Außerdem kommt es doch auf einen Tag mehr oder weniger nicht an. Wem bin ich überhaupt zur Rechenschaft über mein Leben verpflichtet? Und überhaupt: In einer Welt, die einem hauptsächlich in Form von Anforderungen und Fristsetzungen entgegentritt, wäre es ein falsches

Signal, ähnlich perfide Zwangsmittel freiwillig gegen mich selbst einzusetzen. Unentschlossen wäge ich die zu erwartenden Freuden des Biertrinkens gegen den möglichen Selbstvorwurf der Inkonsequenz ab. Sicher, besonders ehrenhaft wäre es nicht. Andererseits: Um viel verlieren zu können, bin ich schon zu sehr verloren. Der Entschluss reift und reift in Windeseile, bis er endlich gefasst ist. Ich muss nur noch den gesunden teuren Kram loswerden und stopfe ihn schnell in irgendein Regal. Dann eile ich schnell zurück zum Bierregal, wo ein gutes Dutzend goldener Dosen im Wagen landet. Starkbier, versteht sich, alles andere wäre zu lasch. Soviel Luxus muss sein. Wenn schon Bier, dann Doppelbock. Dazu noch zwei Tüten Kartoffelchips, und fertig ist der Einkauf für heute Abend.

Nach dem Bezahlen setze ich mit zwei unangenehm schweren Tüten an den Armen meinen Heimweg fort. Noch immer blitzen stechende Selbstvorwürfe auf, weil ich von meinem hehren Vorhaben abgewichen bin. Es ist weniger die Tatsache, mir selbst gegenüber inkonsequent geworden zu sein, die mich traurig macht, als vielmehr der tiefsitzende Zweifel daran, ob ich es überhaupt jemals schaffen werde, einen gefassten Entschluss in die Tat umzusetzen. Und das gilt ganz besonders für einen Entschluss mit einer derartigen Reichweite. Denn sehr lange, soviel ist mir heute schon klar, werde ich diesen ungesunden Lebensstil nicht fortsetzen können. Es könnte mich sogar mein Leben kosten, denn schon jetzt stehe ich förmlich knietief in der Scheiße. Nachdenklich gehe ich so durch die Straßen. Und je tiefer sich die Sonne zum Horizont neigt, desto kleiner werden meine Selbstzweifel angesichts einer wachsenden Vorfreude auf den Genuss meiner Bierdosen, deren kostbarer Inhalt schwer an meinen Armen reißt.

Heute zieht es mich wieder zum Kinderspielplatz. Obwohl es kühl geworden und die Sonne schon fast untergegangen ist, möchte ich meinen Rausch dort kultivieren. Es ist wohl dieser seltsame Kontrast von schäbigen Klettergerüsten und einem dreckigen Sandkasten vor tristen Wohnblocks, der mich anzieht. Irgendwie erinnert mich das an Spielzeug, das man Tieren in ihre Käfige schmeißt, damit sie in der deprimierenden Eintönigkeit ihres einpferchten Lebens etwas anderes tun können, als sinnlos von einer Ecke in die andere zu laufen. Erschöpft lasse ich mich auf einer Sitzbank nieder und öffne die erste Dose Bier. Gierig trinke ich sie in wenigen tiefen Zügen leer und rülpse kehlig in den Wind. Dann wird es Zeit für das Abendessen, das ich praktischer Weise direkt aus der Tüte in meinen Mund stopfen kann: Kartoffelchips. Während es immer dunkler wird und sich die Straßenlaternen nach und nach anschalten, sitze ich so in zunehmender Harmonie auf der Bank. Der leise Wind stimuliert dabei mein Wohlgefühl, während ich dem langsamen Ansteigen meines Alkoholpegels erleichtert nachspüre. Schnell trinke ich die nächste Dose leer, denn ich habe großen Durst. Auch ihr köstlicher Inhalt ist schnell in meinem

Magen verschwunden. Zufrieden und träge sitze ich so vor mich hin und kann mich nicht recht entschließen, aufzustehen und meinen Weg fortzusetzen. Doch langsam wird mir kalt und ich beginne zu frieren. Unter dem Einsatz all meiner Willenskraft stehe ich von der Sitzbank auf und mache mich träge auf den beschwerlichen Heimweg.

Am Ende eines Lebens

Dem recht zügigen Austrinken der ersten Dosen Starkbier ist es zu verdanken, dass sich mein Gefühlsleben langsam wieder stabilisiert und auf einem ziemlich soliden Niveau fortgeschrittener Glückseligkeit eingependelt hat. Kein Vergleich mehr zu dem Elend von heute Mittag. Was für eine widerliche Memme und Heulsuse ich doch gewesen bin. Meine einzige Aufgabe ist es, nun dafür zu sorgen, dass mein Alkoholpegel stetig am Steigen bleibt. Jedes minimale Absinken hätte eine nicht erwünschte Verschlechterung meiner Befindlichkeit zur Folge. Während ich so auf meinen Wohnblock zutrotte, kommen mir erste Zweifel, ob das gekaufte Bier für den Abend reichen wird. Denn zu schnell habe ich die ersten Dosen geleert und zu schwach ist der Effekt des Alkohols mittlerweile geworden. Ich überlege kurz und beschließe, auf Nummer sicher zu gehen. Weil ich mit meiner vollen Tüte schlecht in einen Supermarkt gehen kann, nehme ich die Tankstelle ins Visier.

Leider habe ich in der letzten Zeit schon öfter die Erfahrung gemacht, dass selbst Starkbier kaum dazu noch in der Lage ist, meinen Alkoholpegel zuverlässig steigen zu lassen. Vielleicht sollte ich eine Flasche Korn kaufen, dann bin ich auf der sicheren Seite. Zwar schmeckt Bier um einiges besser, als billiges Weizendestillat. Doch hat eine einzige Flasche dieser klaren Flüssigkeit ein ähnliches Potenzial, wie das ganze Bier in meinen Tüten, ist aber besser zu transportieren. Außerdem verspreche ich mir mal eine andere Tönung meines Suffs, weil mein Alkoholpegel mithilfe des Schnapses um einiges schneller ansteigen dürfte. Abwechslung tut auch beim Saufen Not.

Das wird ein Fest, denke ich mir, während ich auf die zentrale Versorgungsstation zusteuere. Mein Vorhaben vom Mittag ist mittlerweile komplett in Vergessenheit geraten, genauso auch die Vorwürfe, meinen Entschluss gebrochen zu haben. Schlimmer noch, meine Zielvorgaben von vor wenigen Stunden haben sich in der Erwartung von Bier und Schnaps in ihr exaktes Gegenteil umgedreht. Ich kann sogar über die dämliche Idee eines gesunden Lebens lachen, meine eigene Naivität verspotten, so fremd ist sie mir geworden. Das wahre Leben spielt sich immer im Hier und Jetzt ab, niemals in Plänen oder Vorhaben. Alle Planungen, längerfristigen Änderungen und Ziele beziehen sich immer auf eine wie auch immer geartete Zukunft und verlieren ihr Gewicht angesichts der einzigen wichtigen Zeitdimension im Leben - der Gegenwart. Was nützt es mir, mein Leben in Hinblick auf einen sehr unsicheren, erst in der Zukunft zu erwartenden Erfolg schon heute zu verändern? Wenn für den Erfolg nicht einmal eine Garantie besteht und alles Mögliche passieren kann, das einen Erfolg verhindert? Und wäre es ein solcher Erfolg, selbst wenn er sich einstellen sollte, wirklich wert, meinen aktuellen Lebensstil mit all seinen Freuden und Vorzügen zu ändern? Unter Garantie ist nichts auf dieser Welt besser, als sich vollkommen bar jeglicher Verpflichtungen, regelmäßig in die Sphären eines erweiterten Bewusstseins zu katapultieren. Und das schließt auch Verpflichtungen ein, die man sich selbst auferlegt. Dafür zahle ich gerne den Preis von zwei bis drei Stunden Übelkeit am Morgen danach. Alles Weitere wird sich automatisch einstellen, da es sich nicht unbedingt im Gegensatz zu meinem Lebensstil befindet.

Ermuntert durch solche Gedanken trotte ich durch die abendlichen Straßen und bin sehr gespannt auf die neuen Erlebnisse, die mir der Weizenkorn in Kombination mit Bier verschaffen wird. An der Tankstelle angekommen, gehe ich zielstrebig auf das Spirituosenregal zu. Wie gut sortiert doch diese Tankstelle ist, fällt mir auf. Die Auswahl ist beinahe größer, als die meines Supermarktes. Und auch die Präsentation lässt keine Wünsche offen. Wenn selbst Tankstellen so viel Wert auf den Verkauf von Alkohol legen, dann muss daran ja etwas Positives sein. Leider gibt es einen Haken, nämlich die überteuerten Verkaufspreise. Hier ist Rechenarbeit angesagt, um das Getränk mit der besten Preis/Alkohol-Relation zu finden. Diese errechnet sich, indem ich die enthaltene Flüssigkeitsmenge durch Hundert dividiere und das Ergebnis mit der Vol.%-Zahl multipliziere. So errechne ich, welche Menge an reinem Ethanol sich in einer Flasche befindet, der wiederum auf deren Preis bezogen werden muss. Was für eine Heidenarbeit nach mittlerweile vier Bierdosen. Am Ende entscheide ich mich für eine sehr schmucklose Flasche mit dem nüchternen Aufdruck „Doppelkorn", die für unter zehn Euro zu bekommen ist, dafür aber mit immerhin 38 Volumenprozenten reinen Alkohols durchaus zu überzeugen weiß.

Mit meinem neuen Schatz in der Tasche versuche ich, weniger besiedelte Gegenden zu erreichen, wo ich ungestört trinken kann. Doch überall sind Häuser, laufen Leute rum oder fahren Autos. Hinter einer kleinen Hecke bin ich kurz vor den Blicken der Passanten geschützt und krame die Kornflasche aus der Tüte. Mein Herz schlägt höher in einer Mischung aus Angst und freudiger Erwartung. Ich schraube die Flasche auf und hebe sie an meine Lippen. Dann trinke ich eine kleine Menge in wenigen Schlucken, packe alles wieder in die Tüte und mache mich auf den Weg. Ein wohlig-warmes Kribbeln breitet sich in meinem Magen aus, auch im Kopf stelle ich wärmende Schleier fest, die die Außenwelt so wie auch meine Innenwelt in einer angenehmen Weise verändern. Versunken trabe ich durch die Straßen ohne ein Ziel zu haben. Zu sehr konzentriere ich mich auf die

Wirkung des Schnapses. Ab und zu begegnen mir Leute, doch sie interessieren mich immer weniger. In einer dunklen Ecke nehme ich einen weiteren Schluck Korn und mache mir eine Dose Bier für den weiteren Weg auf. Ein angenehmes Kreisen fährt durch meinen Kopf, immer weiter verändert sich meine Wahrnehmung und mit ihr die Realität. Die Straßenlaternen und Autoscheinwerfer wirken seltsam irreal auf mich, so als leuchteten sie durch einen gespenstischen Nebel.

Und wieder muss ich dringend pissen. Der schnell ansteigende Alkoholpegel hat zur Folge, dass mir zunehmend egal ist, ob man mich dabei beobachten kann. Sollen mich die elenden Spießer doch alle sehen! Um es ihnen leichter zu machen, stelle ich mich direkt unter eine Straßenlaterne, krame meinen Schwanz heraus und strulle wankend auf den Boden. Ein Auto fährt vorbei, sein Fahrer hupt mich an. Mir ist das gleichgültig, ein wenig freut es mich sogar, dass ich von einem Mitmenschen wahrgenommen worden bin, etwas in ihm ausgelöst habe. Ich schließe meinen Hosenlatz und greife nach den Tragetaschen. Dabei beuge ich mich ein wenig zu weit vor, kippe vornüber und falle auf den Boden. Nun liege ich mittendrin in meiner Pisslache und schaue hilflos in das gelbe Licht der Natriumdampflampe über mir. Obwohl sie mich blendet, kann ich meinen Blick nicht von der hellen Lampe lassen, so ähnlich wie ein Insekt. Fasziniert stelle ich fest, wie alles andere um mich herum verschwimmt und das gelbe Licht immer mehr Besitz von mir ergreift. So muss es sein, wenn man stirbt, denke ich. Man wird eins mit einem hellen Licht, während das eigene Bewusstsein mehr und mehr verschwindet. Ein ergreifendes Gefühl. Trotzdem unternehme ich einen Versuch, wieder aufzustehen. Denn wenn ich hier noch länger liegenbleibe, könnte ich das Aufsehen zufällig vorbeikommender Leute erregen. Doch in meinem Kopf kreist der Alkohol immer wilder, so dass ich drei Versuche brauche, um wieder auf die Beine zu kommen.

Allerdings muss ich mich dringend stärken bevor ich weitergehe. Schnell krame ich die Kornflasche hervor und nehme einen tiefen Schluck. Überrascht stelle ich fest, dass sie schon zur Hälfte leergetrunken ist. Ob ich vielleicht zur Sicherheit noch eine weitere kaufen soll? Aber dann müsste ich zurück zur Tankstelle und mich einem zusätzlichen sozialen Kontakt aussetzen. In meinem jetzigen Zustand ein großes Risiko. Außerdem habe ich ja noch einige Dosen Starkbier. Fast in Schlangenlinien torkele ich nach Hause. Dabei bereitet mir die Orientierung zunehmend Probleme. Zwar kenne ich mich in meiner Stadt recht gut aus, doch jetzt scheint hinter jeder Kurve oder Einmündung eine komplett unbekannte Gegend aufzutauchen, die ich noch nie gesehen habe. Alles sieht plötzlich so fremd und verwirrend aus. Egal, was soll mir schon passieren, ich bin gut versorgt. Leichte Bedenken bereitet mir allerdings mein körperlicher Zustand. Irgendwie habe ich es übertrieben oder die Wirkung des hochprozentigen

Korns falsch eingeschätzt. Wie auch, schließlich bin ich es gewohnt, mich fast ausschließlich mit Bier oder Wein zu besaufen. Mein Herz schlägt schnell, mein Atem geht immer hastiger. Und das, obwohl ich eher gemütlich dahergehe. Ich muss dringend eine Pause machen und mich setzen, doch nirgendwo gibt es eine Bank oder etwas ähnliches. Bevor mir schwindelig wird, lasse ich mich auf den Treppenstufen eines Hauseingangs nieder. Mit dem Kopf zwischen den Knien warte ich auf Besserung.

„Hallo, alles in Ordnung?" Langsam schaue ich nach oben, genau in die Augen eines besorgten Gesichts. Ich muss eingenickt sein und habe den Mann nicht kommen sehen, der mich neugierig mustert. Wie furchtbar, er ist nicht alleine. Da ist noch eine Frau an seiner Seite, die mich ebenso interessiert beäugt. „Brauchen Sie Hilfe? Sollen wir vielleicht einen Krankenwagen rufen?", ist ihr Beitrag zu der Situation, die für mich zunehmend ernster wird. Bloß kein Krankenwagen, bloß kein Arzt, bloß kein lästiges Aufsehen. Beides würde einen Rattenschwanz an Folgen nach sich ziehen, die mir alles andere als Recht wären. Ihr Spektrum reicht von einer gewaltsamen Ausnüchterung bis hin zu ewigem Freiheitsentzug und einer Zwangstherapie in der Trinkerheilanstalt. Wie so oft in solchen hochpegeligen Zuständen bin ich kaum noch in der Lage, mich verständlich zu artikulieren. Ich höre mich Dinge sagen, die signalisieren sollen, dass es mir gut geht und ich keine Hilfe brauche. Wirklich überzeugend scheinen meine Sprachfetzen nicht zu sein. „Der ist total besoffen", sagt die Frau zum Mann. „Ja, aber wir können ihn doch nicht so einfach hier sitzen lassen", meint er. „Dann ist es wohl das Beste, einen Krankenwagen zu rufen", höre ich die Frau sprechen. Der Mann stimmt kurz zu und zückt sein Handy. Ich bin verloren, wenn mir jetzt nicht sofort etwas einfällt.

Doch auf meinen Körper kann ich mich in derart schweren Momenten sonderbarer Weise fast immer verlassen. Wie auf ein Kommando stellen sich heftige Magenkrämpfe ein und ich beginne lauthals zu würgen und zu spucken. Mein Speichel läuft in Strömen und tropft aus dem Mund. Ich gabere, dann kotze ich meinen kompletten Mageninhalt aus, und zwar direkt vor die Schuhe der Frau. Das lenkt beide ab, so dass der Mann kurz von seinem Mobiltelefon ablässt. Ich nutze die allgemeine Verwirrung für das Mobilisieren all meiner Kräfte und hieve mich hoch. Im Aufstehen greife ich meine Tragetaschen, dann hechte ich davon. Wobei meine Gangart eher ein gebücktes und vornüber gebeugtes Davonkrakeln in der Art eines grotesken Tieres auf der Flucht ist. Es grenzt an ein Wunder, dass ich dabei nicht hinfalle. Aber die Aktion hat Erfolg, die beiden hilfsbereiten Menschen kümmern sich eher um die vollgekotzten Schuhe der Frau, als um den fliehenden Saufbold.

Ein paar Straßen weiter muss ich mich erst einmal ausruhen. Aber das Kotzen und Joggen sowie der damit verbundene Adrenalinschub haben meinen

Kopf wieder klar gemacht. Vielleicht hat auch das kurze Nickerchen dazu beigetragen. Ich sammele meine Kräfte und gehe in Richtung meiner Wohnung. Auch meine Orientierungsprobleme sind wieder wie weggeblasen, zudem kann ich klarer sehen. Eine Weile später schleppe ich mich keuchend die Treppe hinauf, stochere mit dem Schlüssel in der Wohnungstür herum und werde dann endlich wieder von meinen sicheren vier Wänden in Empfang genommen.

Freier Fall

Was wäre meine Wohnung ohne meinen Sessel? Wie ein nasser Sack Reis falle ich in das Polstermöbel und fühle mich mit einem Male besser. Früher nannte man einen Sessel auf Französisch Fauteuil. Was für ein lustiges Wort. Ich spreche es mehrfach aus: Fotöj, Fodöij, Vohdeuj, Foohdeu. Mit feuchter Hand greife ich in meine Hose und fummele an meinem Penis herum. Er bleibt schlaff, aber ich habe auch nicht vor, mir einen runterzuholen. Obwohl, warum eigentlich nicht, denke ich plötzlich. Schnell ziehe ich die Hose aus und bearbeite die blasse Wurst nach allen Regeln der Kunst. Aber nichts passiert, es will sich keine Erektion einstellen. Das einzige, was die Eichel absondert, sind ein paar Tröpfchen Urin. Na ja, ein anderes Mal wird es sicher klappen.

Ich muss furzen und drücke das Darmgas heraus. Doch ich habe mich verschätzt, es war nicht nur Gas, das in die Außenwelt entlassen werden wollte. Jetzt ist nicht nur die Unterhose nass und braun, sondern auch mein schöner Fauteuil. Er wird zum Teerstuhl. Aber was macht das schon, schließlich ist er einiges gewöhnt. Mühsam stehe ich auf und torkele ins Bad. Eine kurzes Duschbad wäre jetzt genau das Richtige und würde meine Lebensgeister sicher mobilisieren. Während das erste warme Wasser meine Haut belebt, fällt mir ein, dass ich vergessen habe, meine Därme vorher auf dem Klo leer zu scheissen. Macht nichts, ich kann den Dünnschiss auch in der Duschkabine entsorgen. In Hockstellung presse ich mit aller Kraft heraus, was an Exkrementen in meinen Schläuchen steckt. Und das ist eine sehr beachtliche Menge, die anschließend an der Wand im Bad herunterläuft. Aber nicht alle Ausscheidungen sind so flüssig, dass ich sie einfach in Abfluss spülen kann. Ein paar feste Bröckchen muss ich mit dem Finger durch das Gitter reiben.

Und in der Tat, nach dem Duschbad geht es mir um einiges besser. Ich bin nicht nur sauber und erfrischt, sondern wieder aufnahmefähig für leckere Getränke. Mit dem Korn will ich noch ein wenig warten, daher öffne ich erst eine Dose Bier und trinke sie schnell leer. Der Kotzanfall vorhin hat mich jede Menge kostbare Flüssigkeit gekostet, deren Alkoholgehalt noch nicht ins Blut aufgenommen werden konnte. Also darf ich gefahrlos Starkbier nachtanken und den bedauerlichen Spritverlust ausgleichen. Gelangweilt fummele ich mir am Hodensack herum, irgendwie gibt es in dieser Wohnung auch nicht viel anderes, das mich unterhalten könnte. Mangels brauchbarer Alternativen versuche ich es noch einmal mit dem Wichsen. Diesmal helfe ich ein wenig nach und krame mein Pornoheft hervor. Allzu viele Seiten sind nicht mehr zu gebrauchen, weil sie von getrocknetem Sperma zusammengeklebt sind. Wenn man dann trotzdem versucht, sie zu öffnen, reisst das immer große Löcher ins Papier - und das meistens genau auf den interessanten Stellen der fotografierten Frauen. Ein paar brauchbare Bilder kann ich zum Glück finden, doch leider kann ich meinen Blick nicht mehr richtig auf die Frauen fixieren. Denn sobald mein Blick nur für kurze Zeit auf einem Detail verweilt, beginnt sich schon alles zu drehen. Keine Chance, auf diese Weise komme ich nicht einmal in die Nähe einer Erektion.

Enttäuscht und unentschlossen kraule ich mir noch ein wenig im Schritt herum. Was soll ich tun? Ich bin so entsetzlich gelangweilt und habe trotz meines gewaltigen Pegels keine Idee, was ich machen könnte. Es fühlt sich an, als wäre ich gefangen in mir selbst. Auf der einen Seite steht mir die ganze Welt offen, auf der anderen Seite habe ich nicht ein Fünkchen Kraft und Energie, irgendetwas anderes zu tun, als hier in meinem Sessel zu sitzen. Ich könnte noch einmal raus in die Stadt gehen und etwas erleben, ich könnte lustige Telefonstreiche unternehmen oder einfach auch nur um die Häuser ziehen und mein Bier trinken. Aber tatsächlich schaffe ich es nicht einmal, mich aus meinem Sessel zu erheben, um mir eine neue Dose Bier zu holen. Nicht einmal in meinem Kopf spielt sich etwas Nennenswertes ab. Sonst war es immer so gewesen, dass ich im Rausch besonders intensive Gedanken hatte, etwa an frühere Zeiten oder Dinge, die mich bewegten. Besoffen arbeitete mein Gehirn immer besonders intensiv und ließ mich tief in bunte Fantasiewelten eintauchen. Doch heute bewegt mich nichts. Und so sehr ich mich auch anstrenge, ich bekomme meine Gedanken nicht in Bewegung. Sie verharren auf der Stelle, kleben förmlich an den Hirnwindungen fest. Ich kann willentlich einzelne Begriffe denken, nicht mehr aber sowas wie zusammenhängende Gedankenketten, ganz zu schweigen von komplexen, bunten Fantasiewelten. Das Kopfkino wird bestreikt, mein Kopf ist leer. Und so sitze ich einfach stumpfsinnig herum und gebe mich dem unheimlichen Nichts hin, das immer weiter Besitz von mir ergreift.

Wie mein Kopf ist auch mein Bier schon lange leer, es wird also dringend Zeit für eine neue Dose. Aber dazu müsste ich mich ja aus dem Sessel erheben, aktiv werden, aufstehen und zwei Schritte gehen. Ich müsste meinen Körper aus der Starre reissen und zwei Meter nach vorn zum Tisch bewegen. Doch das ist unmöglich. Ich atme tief aus und ein und glotze ins Zimmer. Dabei fixiere ich nichts Bestimmtes, sondern blicke undifferenziert vor mich hin, so wie man in eine dichte Nebelwand schaut. Kein Fünkchen Energie lässt sich mobilisieren, keine Handlung auch nur im Ansatz vollführen. Selbst eine derart einfache Tat wie das Herausziehen meiner Hand aus der Unterhose kostet mich eine mentale Vorbereitungszeit von mehreren Minuten. Und nachdem ich die Hand endlich aus der Unterhose gezogen habe, stellt sich die quälende Frage nach dem Wohin-Damit. Und so lasse ich den Arm einfach schlaff herunterhängen, so wie es bei Gelähmten der Fall ist, die ihre betroffenen Gliedmaßen nirgendwo abstützen oder lagern können. Paralysierende Langeweile macht sich breit, komplette innere Leere, die bis an den Rand der Auslöschung des Bewusstseins reicht. Nichts denken, nichts fühlen, nichts tun können. Keine Wünsche, keine Gedanken, keine Gefühle. Und je länger ich so dasitze, desto mehr fühlt es sich an, als ob ich mich als Person auflöste und vom Zimmer absorbiert würde. Als ob die Grenzen meiner Wesenheit immer durchlässiger würden und mich damit immer weniger von allem, was nicht Ich ist, zu trennen vermögen. Es ist ein eigenartiges Gefühl der sukzessiven Selbst-Auflösung, des Zerfließens in Raum und Zeit. Eine schleichende Depersonalisation, ein auflösendes Verschmelzen mit dem bewusstlosen Äther des Weltalls, ein schrittweises Zurückbilden meines Menschseins.

Auch mein Blick verengt sich zusehends. Was ich sehe, wird immer schemenhafter und uneindeutiger. Zur Kontrolle schließe ich zuerst mein linkes Auge, dann mein rechtes, und nehme nur noch einen grauen

Schleier wahr, der mich zu umgeben scheint. Immer wieder presse ich die Augen zusammen und reiße sie wieder auf, doch nichts ändert sich. Eigentlich müsste ich besorgt sein und um mein Augenlicht fürchten. Doch es ist mir gleichgültig, was und wie viel ich sehe, oder ob das, was mein Hirn an optischen Signalen erreicht, mit dem, was mich umgibt, übereinstimmt. Mit halb geschlossenen Augen lausche ich den Geräuschen meines Atems und erlebe sie als seltsam mechanisch. Mein Körper vollführt physiologisch notwendige Tätigkeiten, um am Leben zu bleiben. Doch wozu erhält er sich am Leben? Er ist nichts weiter als ein überflüssiges Gefäß für ein komplett sinn-, gefühls- und gedankenentleertes Seelenleben. Er müht sich völlig umsonst ab, mein tristes und trauriges Dasein aufrecht zu erhalten. All diese hochkomplizierten Vorgänge in den Organen, den Zellen, dem Gekröse und dem anderem Zeug, das meinen Leib ausmacht, sie alle führen zu nichts weiter, als dass dieser gigantische Zellhaufen nutzlos auf einem mit Pisse durchtränkten Sessel kauert, scheißt, pisst, kotzt, rülpst und Atemluft verbraucht. Millionen Jahre der Evolution umsonst, Äonen der unentwegten Phylogenese verschwendet für meine nutzlose Existenz.

Es riecht nach Urin. Unterschwellig dringt der süßlich-pikante Geruch in meine Nase, während ich wie festgewachsen auf dem Sessel klebe. Die Zeit scheint stillzustehen, und es ist überhaupt fraglich, ob sich auf dieser Welt etwas tut. Vielleicht bin nicht nur ich in diese Starre gefallen, vielleicht sind es ja alle anderen Menschen auch. Ohne es zu wissen. Vielleicht ist das die Apokalypse, der lang ersehnte Untergang der Menschheit. Doch das ist unwahrscheinlich, aber im Grunde egal. Denn für jeden Sterbenden stirbt auch der Rest der Menschheit, mit jedem letzten Herzschlag stoppen auch die Milliarden Herzen der anderen Menschen. Zusammen mit mir stirbt die ganze Welt und zusammen mit der Welt gehe auch ich zugrunde.

Ich spüre, wie es an meinem Kinn nass wird. Speichel rinnt aus meinen halbgeöffneten Lippen und tropft von meinem Kinn herab auf die Unterhose. Die ist ohnehin schon nass, denn sicher habe ich schon länger vor mich hin gepinkelt, ohne dass ich es wirklich wahrgenommen habe. Daher kommt auch sicher dieser strenge Uringeruch. In das trübe Dunkel meiner wüstenhaften Gedankenleere taucht plötzlich die Erinnerung an mein Bier ein. Eigentlich müsste es längst wieder Zeit für einen Schluck Alkohol sein, doch meine Gleichgültigkeit hat nun sogar das Saufen erreicht - meine letzte Bastion an Lebensfreude, die mir noch geblieben ist, mein letzter Rückzugsort vor der feindlichen Welt. Da vorne liegen noch ein paar Dosen Bier und die Schnapsflasche. Ich brauche nur aufzustehen, eine davon zu öffnen und zu trinken. Dann könnte ich in mich hineinspüren und erleben, wie der Alkohol mit sanfter Gewalt die Blut-Hirn-Schranke durchbricht und in den grauen Windungen zu arbeiten beginnt. Dann würde es mir wieder besser gehen und ich könnte sogar Spaß und Freude erleben. Doch es interessiert mich einfach nicht, es ist mir vollkommen egal, was sein könnte, wenn ich dieses oder jenes täte. Fakt ist, dass ich einfach nichts tun will oder nichts tun kann, weil ich ein Gefangener meiner Paralyse bin.

Klare Gedanken kann ich schon lange nicht mehr fassen, daher ist es eher so etwas wie ein animalischer Impuls, eine fast schon instinkthafte Regung aus urzeitlichem Erbe, die als unbewusster Reiz aus den Tiefen meiner Seele zu mir hervordringt. Einer Seele, die praktisch nicht mehr existiert, so dass aus dem noch nicht ganz zerstörten Bodensatz am untersten Ende meines Geistes heraus eine Art Notprogramm ausgelöst wird. Es visualisiert sich als das bekannte Bild eines roten Alarmknopfes, eines Not-Aus-Schalters. An diesem Punkt ist endgültig Schluss mit der Selbstzerstörung, hier ist das Ende meines Weges erreicht. Es ist eine Stelle, an der man weder umkehren noch weitergehen, an der man nur noch bewegungslos verharren kann, bis das Notprogramm den einzig möglichen Ausweg bereitstellt. Und genau das ist soeben geschehen. Ohne nachzudenken folge ich dem archaischen Impuls und bin plötzlich in der Lage aufzustehen. Es ist nicht einfach, meinen trägen Körper aus der tiefen Sitzposition zu erheben. Es ist sogar recht anstrengend, doch ich registriere meine Mühen und Schmerzen nur ganz beiläufig als eine völlig unerhebliche Information, die ohne jeden Belang ist. Dann stehe ich auf beiden Beinen und finde langsam das Gleichgewicht. Erst taumele ich ein wenig und muss mich mit den Armen ausbalancieren, doch dann komme ich sicher zum Stehen. Für eine kleine Weile harre ich so aus und sammele Kraft. Danach bewege ich mich mit langsamen, schlurfenden Schritten auf das Fenster zu.

Es öffnet sich für mich. Kalte Nachtluft weht über mein Gesicht, und für einen Moment nehme ich deutlich den Unterschied zur abgestandenen und urindurchtränkten Zimmerluft wahr. Aber ich bewerte das nicht, denn es spielt keine Rolle mehr. Es sind bloß zwei unterschiedliche Wahrnehmungen, die gleichwertig nebeneinander existieren. Einfache Sinnesreize, mehr nicht. Nicht anders ist die Aussicht auf die nächtliche Straße einzustufen. Vor mir liegen dunkle Umrisse von Wohnblocks. Hie und da scheint gedämpftes Licht aus einem Fenster, während die Natriumdampflampen in den Straßenlaternen den Asphalt gelblich beleuchten. Ab und an höre ich das Geräusch eines vorbeifahrenden Autos, doch auch das sind alles nur leere Sinneseindrücke, die nichts mehr mit mir zu tun haben. Sie gehören zu einer Welt, die nicht mehr die meine ist, in der ich nichts mehr zu suchen habe, in die ich nicht mehr gehöre. Inhaltslose Reize von ausschließlich physikalischer Qualität, bloße Perzepte. Sie sind nur da, sagen mir nichts mehr, gehen mich nichts an.

Lange stehe ich so vor dem Fenster ohne mich zu bewegen. Nichts geht in mir vor, mein Schädel ist die knöcherne Hülle eines heruntergefahrenen Gehirns. Nur das Stammhirn scheint zu arbeiten, indem es die überlebensnotwendigen Grundfunktionen meines Körpers noch aufrecht erhält. Doch wozu die Mühe? Es gibt nichts zu bereuen oder zu erwarten, was kommt oder war, ist gleichgültig und ohne jede Bedeutung. An diesem Fenster steht ein zwar lebender, dafür aber leerer und funktionsloser Organismus, dessen physiologische Komplexität sich in einem krassen Gegensatz zu seiner ontischen Sinnlosigkeit befindet. Ein Automat ohne Aufgabe, die den Erhalt seiner Funktionen rechtfertigen würde. Alles was ich spüre, ist ein feuchtes Rinnen entlang meines linken Beins. Ich habe wieder gepinkelt. Aber auch das spielt sich ganz in weiter Ferne ab, es ist kein Teil mehr von mir.

Ich hole tief Luft, meine Hände krallen sich in den Fensterrahmen. Auch sie sind keine Teile mehr von mir, sind fremde Werkzeuge, die ich für den Moment gebrauchen darf. Mit ihrer Hilfe ziehe ich meinen Oberkörper weiter über den Sims, mit ausgestreckten Beinen helfe ich nach, mich so weit wie möglich aus dem Fenster zu lehnen. Das alles nehme ich kaum mehr bewusst wahr. Es ist vielmehr so, als sähe ich mich in einem Film, der auf einem falsch eingestellten Fernsehgerät läuft. Die Bilder sind zwar kaum zu erkennen, aber die Handlung ist bekannt. Mit allen Kräften, die meine matten Armmuskeln aufbringen können, ziehe ich mich weiter aus dem Fenster. Noch reichen meine Anstrengungen bei Weitem nicht aus.

Ich muss mit den Beinen nachhelfen und versuche, das linke Knie auf das Fensterbrett zu legen. Mehrere Anläufe sind dazu nötig, mehrfach stoße ich mit dem Knie heftig an den Heizkörper. Schmerzen spüre ich keine, mein Körper arbeitet wie ein mechanischer Automat, der einem strikten Programmablauf folgen muss. Schließlich gelingt es mir. Irgendwann knie ich endlich auf dem Fensterbrett. Für eine winzige Weile nehme ich wahr, wie mein Körper zwischen Leben und Tod balanciert. Jeweils ein kleiner Impuls genügt, um vornüber zu kippen und aus dem Fenster zu stürzen oder mich zurück ins Zimmer fallen zu lassen. Doch das sind Dinge, die schon lange keine Rolle mehr spielen. Alles, was meine Sinne in diesem Augenblick ausfüllt, ist dieses gelbliche Licht der Straßenlampen, das den Bürgersteig, den Asphalt und die geparkten Autos in einen warmen, einladenden Schein hüllt Ich spüre, dass ich zu diesem Licht gehöre, dass ich IN dieses Licht gehöre.

Der entscheidende Ruck ist eine winzige Bewegung, aber die wichtigste in meinem Leben. Eine kleine Bewegung mit meinen Armen, die mich aus der Balance bringt und vornüber aus dem Fenster kippen lässt. Das alles geschieht sehr langsam, beinahe so, als gäbe es noch viel zu klären, als bestünde noch ein gehöriges Maß an Unsicherheit angesichts dieser weitreichenden Entscheidung. Doch nichts davon ist der Fall. Am Ende meines Lebens scheint die Zeit einfach viel langsamer zu vergehen, als vorher. Mehr noch: Obwohl mein Geist weitestgehend ausgeschaltet ist und all meine Handlungen mechanisch und unreflektiert ablaufen, kommt es mir so vor, als erwachten in diesem Moment verschüttete Reste meines Bewusstseins. Doch ich spüre weder Angst noch Zweifel, sondern ich genieße ihn, diesen Schwebezustand zwischen Leben und Tod - und das ganz klar deswegen, weil es kein Zurück mehr gibt. Und während ich langsam die Balance verliere und aus dem Fenster kippe, während es also mit jedem Millimeter Positionsveränderung immer zwingender in Richtung Untergang geht, steht mir ein Lächeln im Gesicht. Es ist wie das Erwachen am Morgen, nur umgekehrt.

Ich wundere mich darüber, wie rasant mein fallender Körper beschleunigt. Kühl und befreiend spüre ich den Wind im Gesicht. Er rauscht immer lauter in meinen Ohren und bläst wie ein Sturm in Nase und Mund hinein. Hinter einem Fenster des Wohnblocks brennt Licht. Dort sind meine Nachbarn wohl aufgestanden und machen sich fertig für ihren Weg zur Arbeit. In ihrer Küche dampft sicher eine Tasse Kaffee und verströmt ihren würzigen Duft in der Wohnung. Sie wartet auf den Nachbarn, der sich gerade rasiert, duscht und ankleidet. Seine Frau weckt zu dieser Zeit vielleicht die Kinder, damit sie pünktlich in die Schule kommen. Möglich, dass heute eine Klassenarbeit geschrieben wird und eines der Kinder Angst vor einer schlechten Note hat. Alle müssen sie sich beeilen und die Uhr im Auge behalten, denn der Alltag duldet keine Verspätung. Doch nicht mehr lange, dann kommt das Wochenende, an dem sie ausschlafen und sich erholen können. Wie sehr sie sich doch alle darauf freuen. Doch die zwei Tage vergehen wie im Fluge, bevor eine neue Woche mit nie enden wollen Verpflichtungen und Zwängen beginnt.

Wie in Zeitlupe bewegt sich das Fenster an mir vorbei. Ich kann ganz deutlich die Gardinen erkennen, dahinter die Umrisse einer Zimmerlampe und eines Schrankes. Mir kommt es so vor, als stehe ich fest im Raum und das Haus bewege sich an mir vorbei. Nur der starke Wind stört ein wenig die Ruhe, so heftig bläst er mir ins Gesicht. Ein weiteres Licht zieht an mir vorbei. Es gehört nicht zum Haus, sondern zu dem langen Mast der Straßenlaterne. Fast schon blendet mich ihr orangegelbes Licht, das mir für einen Moment aus unmittelbarer Nähe direkt in die Augen leuchtet. Es ist ein schönes, ein gutes, ein vertrautes Licht. So nah war ich ihm noch nie.

Unvermittelt hört der Sturm auf zu blasen und es ist still. Vor mir liegt meine Hand, ich kann sie deutlich sehen. Diese Hand hat schon tausende Bierdosen zu meinem Mund geführt und meinen Penis unzählige Male zum Pissen oder Wichsen gehalten. Etwas bewegt sich darauf zu. Ich kann es im gelben Licht kaum erkennen, aber es ist etwas Flüssiges, das sich immer weiter ausbreitet. Als es meine Hand erreicht, spüre ich, wie angenehm warm es ist. Ich versuche, meine Finger darin zu wälzen, doch ich kann sie nicht bewegen. Aber ich kann die

Wärme spüren, die sich von den Fingerspitzen bis tief in meinen Körper fortpflanzt. Wie angenehm das ist, wie frei ich mich fühle. Langsam verblasst das gelbe Licht und macht Platz für eine warme, dunkle Geborgenheit. Immer noch kann ich die warme Flüssigkeit spüren, die meine Hand umfließt. Ich genieße das Gefühl. Seit Langem bin ich endlich wieder glücklich.

Epilog

Konstanz ist eine Illusion, Veränderung dagegen der alltägliche Prozess des Lebens. Auf die Richtung kommt es dabei weniger an, als darauf, dass sie überhaupt stattfindet. Denn letzten Endes ist eine Beurteilung kaum möglich. Wer will schließlich den Maßstab dafür setzen, was gut oder schlecht, was angemessen oder unangemessen war? Viel wichtiger dagegen sind Dinge wie Konsistenz und Schlüssigkeit. Wenn man die Metapher vom Fahrplan des Lebens bemühen möchte, dann hat jede Bahnlinie ihren Zielbahnhof, der die logische und einzigartige Konsequenz aller vorherigen Stationen ist. Aber niemand kann wissen, ob sich der Zielbahnhof in einer Stadt befindet, die man unbedingt gesehen haben muss, oder einer solchen, in die man nicht einmal bei Tageslicht einen Fuß setzen sollte - oder ob der Zielbahnhof bereits zu einer Friedhofskapelle umgewidmet worden ist.

Vergänglichkeit ist das große Oberthema allen Veränderlichen, sein Fluch und Segen zugleich. Alles im Leben wird unter der Maßgabe oder Bürde getan, sofort Vergangenheit zu werden. Und auch, wenn Handlungen und ihre Resultate im Strom der träge dahinfließenden Zeit scheinbar verblassen mögen, bilden sie stets das felsenfeste Fundament für alles darauf Folgende. Das kann durchaus beängstigend sein, denn es droht immer das Imperativ des Vernünftigen, der weisen Voraussicht. So gesehen, kann Veränderlichkeit der Freiheit im Wege stehen.

Während unser namenloser Held auf dem Asphalt liegt und langsam stirbt, ist er seit langem wieder glücklich. Er hat eine allerletzte, ultimative und nicht mehr zu revidierende Veränderung herbeigeführt, die ihn selbst zur Vergangenheit macht. Es dürfte die endlich wiedergewonnene Freiheit gewesen sein, die dafür gesorgt hat, dass man ihn später lächelnd aufgefunden hat. Eine Reinform von Freiheit übrigens, die letztlich darauf fusst, keine Zukunft mehr zu haben, um die man sich bereits in der Gegenwart kümmern müsste.

* (S. 28) *In Andenken an einen früheren Mathematiklehrer, der tatsächlich diesen stolzen Namen tragen durfte.*

Über den Autor:

Paul Peichel, geboren 1969, wuchs bei Frankfurt am Main auf und lebt heute in Norddeutschland. Er ist verheiratet und hat neben einer kaufmännischen und einer sozialpädagogischen Berufsausbildung auch ein sozialwissenschaftliches Studium abgeschlossen. Er gärtnert gerne, interessiert sich für Naturheilkunde und spielt eigene Lieder auf der Gitarre.

Die Handlung und die darin vorkommenden Personen sind frei erfunden.